当代作家精

文旅号远航

王晋军　著

北方文艺出版社

·哈尔滨·

图书在版编目（CIP）数据

文旅号远航 / 王晋军著 . — 哈尔滨：北方文艺出
版社，2023.3
ISBN 978-7-5317-5782-5

Ⅰ. ①文… Ⅱ. ①王… Ⅲ. ①散文集 – 中国 – 当代
Ⅳ. ① I267

中国国家版本馆 CIP 数据核字 (2023) 第 022451 号

文旅号远航
WENLÜHAO YUANHANG

作　　者 / 王晋军
责任编辑 / 富翔强　　　　　　　　　封面设计 / 冯大海

出版发行 / 北方文艺出版社　　　　　邮　　编 / 150008
发行电话 / （0451）86825533　　　　经　　销 / 新华书店
地　　址 / 哈尔滨市南岗区宣庆小区 1 号楼　网　　址 / www.bfwy.com

印　　刷 / 涿州军迪印刷有限公司　　　开　　本 / 710×1000　　1/16
字　　数 / 140 千字　　　　　　　　　印　　张 / 14
版　　次 / 2023 年 3 月第 1 版　　　　印　　次 / 2023 年 3 月第 1 次印刷

书　　号 / ISBN 978-7-5317-5782-5　　定　　价 / 69.80 元

序

远航吧，文旅号
周明

在本书付梓前夕，晋军将打印稿送给了我，邀我作序，我自然是应允的。翻阅墨香四溢的文稿，跟随他的脚步畅游南北，游览名山大川，感受自然，品读城乡，也跟着作者得到一次次心灵的洗礼。我和晋军因文学结缘，相识几十载。对于晋军，无论是他的文字还是他本人，我都算得上是了解的。晋军年轻时入伍成为一名光荣的军人，在部队当过报道员、新闻干事，1980 年到《解放军画报》担任编辑工作。20 世纪 80 年代末，由总政治部转业到中国文化报社，后来还去了澳大利亚留学。晋军擅长写游记，这是他的强项。他用自己奔波的双脚，一次又一次走进文学艺术的辽阔国度；用一支饱蘸激情的笔，记述下国内外所见所闻，风土人情。令读者耳目一新，大开眼界。

晋军的《文旅号远航》，将地域中产生的独特文化与心灵的感悟融合在一起，或描摹山川壮丽，或表达人生感悟，或抒发爱国情怀，文字中流淌着对美好生活的咏赞，对亲人对社会的感恩。字里行间中透露着一种真性情的价值观，一种趋于平和从容的生活态度。当下，快节奏的生活、纷繁复杂的社会现象、较大的工作压力，人心难免浮躁不安，夜深人静的时候，这本书无疑会让你的心灵获得一种内在的平静和充实。不得不说，晋军是一个非常注重积累的人，跑了许多地方，接触了那么多人，经历了那么多事，既丰富了人生阅历又获取了文学艺术的源泉。散文集《文旅号远航》正是他心路历程的感悟。文集中篇幅短小，文字简洁，时间上穿千年，下至当代。挺拔秀丽的中国道教四大名山之一茅山、心灵的故乡"桃花源"、温馨浪漫的鼓浪屿，以及神秘的勒布沟……笔墨如行云流水，自然风光与人文历史紧密地结合在一起，让读者在领略锦绣风光的同时也饱食了一顿文化大餐。不由得让我联想到了余秋雨的《文化苦旅》，如果说余秋雨是以理性精神和诗化激情抒写"文化苦旅"，使之变得宽广厚重。那么，晋军则是以和谐的色彩与自然的节奏来描绘《文旅号远航》，也能打破传统意义上的散文格局，这一点足以让人感到欣慰和惊喜！

旅游文学是中国从古到今文学园地一大宝藏，林林总总，佳作如林。回想我自己少年时代读过的《桃花源记》《醉翁亭记》和《岳阳楼记》，我对古典文学的一点启蒙知识和最初的兴趣，正是从背诵游记名篇开始的。旅游文学今天进入一个好时期，人们生活水平提高，自然就产生开阔眼界、增加乐趣的要求，促进了旅游事业的发展。同家人或朋友一起，成群结队畅游长城内外，大江南北，北到黑龙江，南到海南，更走出国门，不仅去西欧、北美的通都大邑和名胜古迹，更到南太平洋、印度洋的岛国，处处都有中国人的游踪。每一处旅游景地，也都为游人提供大量文字和图片资料，引经据典，搜集古人诗词，名家文字都为名胜增光生色。旅游文学的发展，成为当代散文一个具有中国特色和时代特色的景观。

"文旅号""融媒体"，这些年轻人十分熟知的词汇，对我来说都是新鲜的。我特意问询了几个年轻的朋友，才了解到"文旅号"即文化和旅游融合的全新融媒体产物，是一个搭建文化和旅游内容资源的新平台。

可喜可贺，晋军又走到了时代的前沿，《文旅号远航》不但表达了他对美好事物的向往和期盼，也体现了作为资深媒体人积极推广文旅事业的职业操守与情怀。

他心所向驰以恒，希望晋军在文学路上继续远航。

是为序。

2021 年 8 月 写于北京

目 录

文旅号远航

生机盎然的春天里，人们欢欣鼓舞，诗和远方终于"走"在一起了，文化和旅游部正式挂牌了。是的，诗属于文化范畴，而旅游总是关于远方的。我以为，这并不仅仅是文字游戏，更寄托了老百姓对这个新成立部门的希望、对未来幸福生活的向往。诗和远方在一起，美好的灵魂和美好的地方在一起，这就注定了这个部的职责和人们正在日益增长的对美好生活的需求息息相关，密密相牵。

改革开放以来，中国文化事业繁荣发展。如今的文化已经是一个需要不断定义的概念，既有广义的文化，也有狭义的文化生产。中国国内生产总值已经位居世界第二，人民正在更加关注精神领域的需求。对政府来说，如何更好地推动文化事业的发展成为越来越重要的课题。如果说文化的概念在过去还比较笼统的话，那么旅游就提供了一个更加具体的指标。回顾一下这些年走过的路，许多中国人都热切去世界周游看风景。从拍照到购物、从自由行到深度游，同胞们在不断刷新人类旅行的新认知。"远方"越来越远，超越时空，越来越指向对灵魂的探索和预知。

文化和旅游走得越来越接近，已然成为广义文化的一部分，很多大城市都有了一个叫作"文旅集团"的国企，用来推广本地文化和旅游。就这个意义上来讲，国家文化和旅游部的成立不是一个偶然结合，而是顺应新时代潮流的"职能融合"。中国的文化、旅游业已经发展到一个庞大体量，未来发展速度会更快。在这个过程中需要不断解决棘手问题。需要文化和旅游部制定更多好的"规则"引领全国旅游业的快速健康发展。这就不仅考验着政府部门的行政理念和耐心，也考验着政府部门的"管理智慧"。以前，文化部和国家旅游局各司其职，如今在一块"新牌子"下聚合意味着一种新的出发。"诗和远方"是人们的美好祝愿与期待，而要实现"诗意"抵达，更需要提升文化自信推动文旅融合发展，抓铁有痕，踏石留印，风雨兼程，开拓创新！

有几位著名旅游专家谈到，旅游的文化功能首先得到了关注，人民对美好生活的需要里，有很重要的一点就是文化需要。解决大文化需要，旅游是重要载体之一。文化是旅游之魂，市场是文化之体，魂体结合，体质强健。成立文化与旅游部，对于借助旅游这个途径来扩大中国在世界上的软实力，有重要和积极的意义。文化和旅游部门的融合，将有望推动以更开放的眼光看待文化与旅游项目。提升文化自信，用文化的理念发展旅游，用旅游的方式传播文化，文旅融合已成为现实发展大方向，与全域旅游相对应，必将产生良好的共振效果。

旅游是进入新时代人们提高生活幸福指数的重要途径，文化与旅游融合，将有效推动我国经济发展，对加快实现中国梦，起到强大推动作用。站在全域旅游角度看，文化旅游资源是一定区域内对旅游者具有吸引力的文化因素、社会因素或其他因素所构成的旅游资源。文化资源为旅游业发展提供了最深厚、最持久、最具魅力的元素。随着大众旅游时代的到来，多样性的文化旅游资源对游客的吸引力日益增强，文化体验对游客出行选择的影响更加显著，甚至成为当地旅游业可持续发展的决定性因素。旅游是一种求新、求知、求乐的社会活动，在旅游中，游人触摸文化脉搏、感知文化神韵、汲取文化营养。文化旅游资源转化为旅游市场产品，文化旅游消费可谓空间无限、潜力无限，它呼唤着文化与旅游的加速融合。

"文化＋旅游"融合发展能创造出精彩纷呈的旅游产品和流连忘返的旅游目的地。如旅游同物质和非物质文化遗产结合，能够创新体验旅游、研学旅行和传统村落休闲旅游；旅游同文化创意及数字文化产业相融合，能够发展文化演艺旅游；旅游同红色文化结合，能够推进爱国主义和革命传统教育大众化、常态化；旅游同健康医疗相融合，能够促进发展中医药健康文化、温泉旅游、老年专项旅游等；旅游与体育融合发展，能够大大推进体育产业发展，把竞技运动转化为大众参与性体育活动等。所以说，旅游是增强人民生活幸福指数的最好方式之一，这一重要功能充分提示了政府支持文化旅游融合发展的决心和动力所在。

现代旅游产业的快速发展，令旅游与文化亲密无间，两者的连接点就是"创意"。作为旅游产业发展的灵魂，文化孕育着旅游活动的精神内涵；作为文化的承担者，旅游起着锦上添花的作用，为文化的长期多元化发展增添活力。文旅的核心是创意，创造一种文化符号，然后销售这种文化和文化符号。而旅游文化的"文化"是一种生活形态，"产业"是一种生产行销模式，两者的连接点就是"创意"。实现旅游产业与文化产业的有效融合要从实际出发，立足于文化产业发展的实际和旅游产业发展的真正需求，推动融合循序渐进，扎实开展。

文旅两大产业的融合是贯彻落实科学发展观、加快转变经济发展方式的重要环节，路径有四种，即资源、技术、市场和功能融合。两大产业的融合有利于旅游业跨上新台阶。随着人们生活水平提高，接收信息手段多样，对旅游的要求不再仅仅停留于风景观光单一层面上，高端旅游产品的需求量正在日益增加。将旅游产业与文化产业进行融合，既可以丰富旅游内容，使得人们在放松心情的同时感受文化的魅力，丰富旅游内涵；又可以增加旅游产业的获利空间。应针对文化旅游的不同类型、资源、内容、人群等，采取不同的创意和方法，创意创新，与时俱进，走别国未走过的路，从而有效利用我国独特深厚的文化资源，开拓文旅两大产业融合快速发展的新局面。

旅游政策新导向"深化国家公园体制改革试点""创建全域旅游示范区""降低重点国有景区门票价格"这三条，催生业界新气象。从国家层面讲，对旅游产业发展的政策指引，越来越务实，越来越强调目标的可操作和可考核。"降低重点国有景区门票价格"的提出，首次具体指导旅游某项要素的价格，并且方向明确指向"降低"，意义非同小可，这充分表明政府更多地将旅游业定位为关系到全民幸福的事业。全域旅游示范区最经典的案例就是杭州西湖，取消景点门票后整体经济效益不降反升。门票经济是一种最有效的商业模式，久而久之也会形成坐山吃山的惰性氛围。降低国有重点景区门票，表明政府更加重视旅游的教育职能和民生属性，国有景区从属性上来说属于全民，应该转化成国民的一种休闲福利和教育资源。从这个导向来说，国家希望把旅游的产业化属性进一步降解下来，是一个很好的导向。景区经营方向要调整，兼顾经济、社会、文化、生态效益，不能唯钱是图，同时改变经营方式，北京故宫的文创商品收入与门票收入相等，多种经营越走越宽，单一门票越走越窄。不能搞一刀切，公共资源景区、社会资本投资景区、半公半资景区要分别对待，市场规律要尊重，社会效益要重视，产业与事业要兼容。总之，解决好中央与地方、政府与企业、企业与游客、游客与当地居民之间的利益关系，就一定能为业界注入新活力，带来新气象。

并非所有文化都能拿来做旅游，抑或转化为有文化影响力、有市场吸引力的旅游产品和品牌，并非不好。文化做旅游，首先文化要有足够影响力。其次，文化要便于活化为产品，有三种路径可走：文化需要从书本中、历史中、传说中走出来，这是一个文化物态化、活态化和业态化的过程。文化物态化乃观光旅游所需，可理解为景观化和形象化；文化活态化乃旅游体验所需，可理解为游客对文化的交互化、情境化和沉浸化感受；文化业态化乃休闲旅游所需，可理解为文化的产品化、产业化和品牌化，培育新供给才能促进新消费。

随着"文化自信"提出，文化产业发展迎来两个新趋势。一是数字文化产业以文化创意内容为核心，依托数字技术进行创作、生产、传播和服务，呈现技术更迭快、生产数字化、传播网络化、消费个性化等特点，有利于培育新供给、促进新消费。二是随着大众旅游的兴起以及全域旅游的强力推进，人们对旅游品质的需求不断提高，如果说以历史文化资源为依托的旅游开发是文旅产业的1.0版本，那么现阶段的文化旅游则是以资本、创意和科技为驱动的文旅2.0版本。这正是：文化借旅游兴盛，旅游依文化繁荣。

旅游是文化传承、传播、交流的载体和平台，旅游对促进文化事业的繁荣功不可没。如今，文化旅游休闲娱乐已成为人民群众除食品餐饮消费之外的第二大消费内容，全国人均国内旅游次数已达每年3次以上，文化旅游已经成为文化产品开发和文化产业发展最大的市场基础，在繁荣文化产品创作生产中融入旅游需求导向，在现代文化产业体系建设中注入旅游发展手段，文旅融合发展，必将有利于更快更好地扩容旅游市场。

旅游与文化在很多领域具有交叉性和融合性，文旅融合形式也是多种多样，如：结合红色旅游、国学与传统文化研学旅游开发，用更加多样化的手段开展中华优秀传统文化的普及与对外传播。结合遗产保护，开发具有浓郁传统文化特色的遗产文化旅游产品，特别是对世界文化遗产、文物保护单位、重要遗址、历史文化名城名镇名村和非物质文化遗产等珍贵遗产资源进行科学保护与合理的旅游开发，让旅游成为揭开其神秘面纱的窗口。结合美丽乡村建设和乡村旅游业发展，把民族民间文化元素自然融入，建设有历史记忆、地域特色、民族特点的美丽乡村，把乡愁、乡风、乡情开发成真正具有地方特色的旅游产品，等等。文旅融合还将助推"一带一路"倡议的实现，现今，沿线国家的交流合作日渐增加，文化和旅游成为沿线各国互联互通的新纽带和新桥梁。文化和旅游在推动"一带一路"的发展中，已经成为我国促进文化开放和跨文化交流的最大平台，文旅融合在社会主义文化强国建设中作用重大，深度文旅融合助推文化强国建设，文旅事业大有可为，前景辉煌。

文旅号远航，让我们深深地期待。

遵义红

遵义会议会址，是中国人最熟悉的历史建筑。赤水河的波浪，唱着红军的战歌，昭示中华儿女而今迈步从头越。在遵义会议会址，来自四面八方的游客感悟中国革命的曲折与艰难！

在隆重纪念中国共产党建党 100 周年之际，笔者专程来到中国革命历史名城"红都遵义"，探寻该市传承红色基因，推动创新发展，把遵义打造成全国红色旅游目的地的成功经验。这些年来，以遵义会议会址为主体的红色旅游景区，持续引来各方游客。火爆人气背后，是遵义创新发展，在中国革命历史高地和全域旅游大背景下用心唱响"遵义红"的生动实践。

遵义红色旅游资源的一个重要特征是长征文化。以"遵义会议"为代表的红色文化是遵义旅游业发展的基石，也是贵州旅游业发展的精华部分。红军长征在遵义留下了"突破乌江""遵义会议""四渡赤水""激战娄山关"等极为丰富的革命遗迹，全市现有红军长征革命旧址、战斗遗址 62 处，重点开发的有 20 余处，主要分布于遵义市中心城区及仁怀市、习水县、赤水市、遵义县、湄潭县、余庆县等区域内。其中3处已列入AAAA级景区（遵义会议会址、娄山关景区、四渡赤水纪念馆）、2处已列入贵州100个景区（遵义红色旅游综合体、苟坝红色文化旅游产业创新区）。无论是国酒茅台，还是赤水、乌江、娄山关、凤凰山、湄江山水等景区景点，都留下了红军长征的足迹、洒下了红军的鲜血，见证了当年红军的金戈铁马、浴血奋战，留下了永不磨灭的红色印记。以"遵义会议""四渡赤水"为代表的系列长征红色旅游资源是长征文化的脉络，长征文化在全国的同类资源中具有特殊的价值和地位，在全国的红色旅游资源中，具有不可取代的地位，是打造全国性旅游精品的优质资源，有巨大的市场潜力。

过去，遵义存在着"旅游资源多，旅游景区少；小打小闹多，大有作为少；普通产品多，特色产品少；初游游客多，回头游客少；观光游客多，度假游客少；红色经典多，衍生效益少"等问题。近年来，市委、市政府深入贯彻落实"传承红色基因，讲好遵义故事"的重要指示精神，按照国家红色旅游规划纲要要求，以弘扬爱国主义精神为基调，以中国革命历史遗迹和精神瑰宝为载体，为加快建设国家全域旅游示范区提供重要支撑，做了大量细致扎实工作，进行了可喜的开拓探索。

"红色是遵义不变的底色。"遵义市委、市政府高度重视红色旅游发展并着重强调，要始终把握红色本底，传承红色基因，突出政治效益。在发展红色旅游过程中，要始终突出强调红色旅游在构建社会主义核心价值体系中的重要地位，坚持红色是基调，贯穿文化灵魂，突出旅游载体，让游客在体验中感悟崇高、升华境界，在参与中怡情养志、益德益智，使红色旅游成为心灵之旅、思想之旅、精神之旅。

在红色旅游的展览展示过程中，遵义始终坚持从历史进步的角度客观公正地评价历史事件和历史人物，坚持以对历史、对未来负责的态度还原历史真实，坚信"人间正道是沧桑"，自觉抵制歪曲历史事实、编造"野史外传"、宣扬封建迷信、损毁领袖人物的歪风邪气。通过红色旅游活动，让游客在旅游中更加深刻地认识到是历史和人民选择了马克思主义、选择了中国共产党、选择了社会主义、选择了改革开放。在遵义市举办的红色旅游高峰论坛上，有关专家对遵义发展红色旅游的一些建议，得到赞许。专家认为，遵义可以是大美遵义、华美遵义、秀美遵义、唯美遵义，必须坚持可持续健康融合发展、历史与人文融合发展、人文景观与自然景观融合发展，始终以红色为主色，着力打造中国红色之都、中国酒都等8个中国之最，切实做到标红一座房——遵义会议会址、映红一条江——乌江天险、做大一个关——娄山关、用好一瓶酒——茅台酒、亮丽一个园——正安桃花源、留香一个村——土城古镇、筑起一个坝——苟坝会议会址，才能更好地推动红色旅游跃上新台阶。专家们表示，红色传承、创新崛起是遵义旅游发展的路径选择，遵义以红色旅游为主线，精心编制全域旅游规划，一定能努力赢得不同凡响的红色旅游发展的新探索、新实践。

遵义市坚持发挥规划的引领作用，着力优化红色旅游空间布局，坚持产业融合，推动绿色发展。先后编制了《遵义红色旅游综合体建设发展规划》等23个规划。该市重点打造了"四区"：遵义会议会址、娄山关战斗、四渡赤水、突破乌江旅游区；"一城"：中国红色旅游休闲城遵义老城；"三镇"：土城镇、茅台镇、丙安镇；"两村"：苟坝村、刀靶村。保护开发了遵义会议纪念馆、红花岗红军烈士陵园、娄山关战斗遗址、四渡赤水纪念地、红一军团纪念馆、乌江景区、苟坝会议旧址等一批红色资源。更加注重基础设施建设，完善红色旅游景区配套功能，游客中心、停车场、绿化、供电供水等配套设施不断完善。

遵义市突出市场导向，完善产品体系，实施了"红色为先，全面推进"战略，以"遵义会议""四渡赤水""娄山大捷""突破乌江"等红色旅游产品为重点，投放市场各类旅游区（点）达57个，初步形成了"一核、三线、多点"的红色旅游产品体系，即以遵义为核心，纳入全国红色旅游精品线名录中的贵阳—凯里—镇远—黎平—通道—桂林、贵阳—遵义—仁怀—赤水—泸州线和张家界—桑植—永顺—吉首—铜仁的三条旅游线路。同时，坚持产业融合，推动绿色发展，打造营销平台，积极开拓市场。遵义市重点利用川黔渝毗邻地区丰富的红色文化、历史人文遗址、丹霞地貌奇观和秀美的山水自然风光等旅游资源优势，建立旅游合作机制、推动深层合作，建设精品线路、打造旅游精品。

遵义地处贵州北上川渝，川渝南下入海的南北大通道上，直接面向成都、重庆、贵阳西南三大中心城市，是贵州的第二大城市，区位优势明显。二是旅游资源丰富、且部分资源具备独特性和唯一性，六大旅游品牌和四条旅游精品路线已经形成，发展基础良好。三是交通骨架网正逐步形成。遵义新舟、茅台和黔北三大机场逐步建成，提升远程游客的吸引力；杭瑞、遵绥、仁赤、余凯、务正、道瓮等多条高速公路逐步完善，缩短近域市场的心理距离；渝黔、昭黔等快速铁路的建设，提升了城市可进入性。

遵义市注重旅游扶贫，彰显社会效益，提出"学在深处强信念提境界、做在实处拔穷根奔小康"，健全红色旅游扶贫机制，积极引进社会资本参与老区建设，将部分红色旅游景区景点经营项目向投资者开放，采用参股经营、合作开发等方式吸引企业参与，使红色旅游在精准脱贫中发挥出更大作用。如苟坝会议会址景区的红军村建设，就积极引进社会资本参与。素有"遵义西藏"之称的黄莲乡曾经是省级一类贫困乡，通过引进重庆南方集团规划总投资 87.5 亿元，上马黄莲山峡旅游度假区项目，由此华丽转身。此外，遵义市正确处理各种主体之间的利益分配，最大限度地保障老区人民获得公平利益回报，激发老区人民参与红色旅游开发建设的热情，拓宽致富途径。在坚持保护性开发的原则下，创新利用"红色经典"资源，推出了以"瞻仰一次圣地、吃一顿红军饭、唱一首红军歌、走一趟红军路、读一本红军书、听一堂传统课、扫一次烈士墓、净化一次心灵、挖掘一种内涵、铸就一种精神"为主要内容的"十个一"特色旅游套餐,让众多百姓参与进来从中受益。习水县土城镇依托四渡赤水纪念馆景区与青杠坡战斗遗址景区,大力建设土城红色文化旅游区,集中打造土城红色古镇、特色商品零售超市、红色文化主题餐厅、宿营漂流、四渡赤水演艺场等,实现红色遗址遗迹游览、红色餐饮、红色购物、红色娱乐等产品的有效组合,带动当地群众迅速脱贫致富。

在大力发展乡村旅游过程中,遵义市整合开发红色旅游资源与乡村旅游资源,以红带绿,以绿促红,打造复合型旅游产品,共同带动老区人民脱贫致富。根据市场需求,镇长、村干部积极为村民选择营生,尽可能让村民自觉参与到经营中来。如在乡村旅游点上建果园和向日葵、蔬菜种植园,让游客体验农耕文化,寻找"乡愁"。在乡村旅游点上进行土鸡、生猪等养殖,为游客提供食物等。特别是遵义与重庆毗邻的县区充分利用两地资源、气候等差异,全力发展避暑游、休闲游,近年来旅客人数、综合收入呈现"井喷式"增长。进一步推动红色旅游与绿色生态旅游、体育旅游等融合发展,延伸产业链条,推动红色旅游与名酒茅台旅游融合发展的主题旅游线路。苟坝红色文化旅游创新区则把红色文化与乡村旅游、地方手工业、现代农业有机结合,打造休闲旅游、生态旅游产品,实现了红色旅游与自然山水、田园风光、地方民风民俗的有机统一,成为红色旅游的新热点、新亮点。

东风满树花,终是长相忆。

红色旅游资源以其特殊性和跨区域性,决定红色旅游开发必须走区域合作之路。遵义市还着手对红色景区(点)进行资源整合,点、线、面结合开发,打造红军长征在遵义的全景再现,同时加强与其他旅游区的合作,实行资源共享、市场互动、效益共赢、共谋发展。红军长征历经江西、湖南、贵州、四川、甘肃、陕西等省，因而开展遵义"长征主题"红色旅游时同外省部分景点实行区域合作，可以丰富客源实现效益最大化。再就是立足自身优势，积极与瑞金、延安、井冈山、西柏坡等革命圣地联合，在实现伟大中国梦的进程中，打造中国红色旅游经典产业链。红色旅游是遵义旅游发展的支撑性品牌，把红色旅游打造成为遵义旅游业的支柱产业，努力实现遵义旅游发展的升级版，这就是既定的方针和目标，按照史料性、先进性、启发性、精品性原则，抓好遵义红色文化的深度开发，就一定能够推动遵义红色旅游实现大发展、大跨越、大收获。

啊，遵义红。啊，中国红。

一样的旅游古镇，不一样的浙江乌镇

乌镇对中国旅游业大有启示。现在常说：文化是旅游的灵魂，旅游是文化的载体。因而寻找"文化灵魂"成为旅游业界的当务之急。但现实是，走马观花的旅游模式，同质化的景区建设，让游客往往无法在自然风光中深入了解体验当地独特的历史、文化、风情、民俗，等等。但令人欣喜的是，插上资本翅膀后的乌镇没有偏离文化轨道，而是从景区开发方面更深入地融合了本土文化，从观光型到度假型再到文化型，正是凭借着文化的强大引擎，古老的乌镇青春焕发，迸发出无穷的生命力。

"乌镇模式"看细节。我先后到访乌镇 3 次。1999 年 6 月之前，乌镇还在浙北大地沉睡，历史肌理破坏严重，近 16 万平方米的老建筑 98% 以上没有得到过修缮，除去一个年接待量 3 万人次的全国文保单位茅盾故居保护较好外，好像就再无游人问津。乌镇一夜成名，一个重要原因就是在自身文化的传承、展示和体验上做得非常好。乌镇和新千年一起迈进自己的辉煌时代：2001 年，成为嘉兴市十佳旅游景区，并接待 APEC 会议嘉宾；2002 年，获颁国家 AAAA 级风景名胜，列入世界文化遗产名录；2003年，荣登"浙江省十大人气最佳旅游景区"榜首并被评为中国十大历史文化名镇，获联合国"2003年亚太地区遗产保护杰出成就奖"；2004年，乌镇被建设部、国家文物局授予中国历史文化名镇。

乌镇的实践再次证明细节决定成败。乌镇在全国率先将所有矗立古镇的高压线、低压线、有线电视线、电话线进行深埋，对已成臭水沟的河流进行大规模清淤，对已基本坍塌的帮岸、河埠石桥进行大修，对原已全面铺成的水泥街面进行石板铺设。为还江南水乡清澈河水原貌，专门铺设地下排污管道，斥巨资为老街居民家庭安装上下水管，在古镇敷设消防设施及烟感探头。修复施工中，充分听取居民及当地工匠意见，尽可能恢复历史原貌。基于"修旧如故"理念，收购各类旧木料、旧石料对所有民居特别是厅堂等进行修缮。如今，凡到乌镇的游人，都夸这里"保存了古镇古风的原真性"，是"原汁原味的古镇特色"。

跳出"保护性破坏"怪圈。国内有不少古镇徘徊于"保护性破坏"怪圈，商业味过浓，古镇不"古"。乌镇的做法之一是不许居民自由开店，在对商店进行产权置换后，就"卖什么、怎么卖"重新界定，以确定方式招租，同时为防止"第一步自己破墙开店，第二步转租开店，第三步满街开店"，采取各种疏堵措施，包括解决老街居民就业，给低收入者发放津贴，对开发的部分商铺及游船优先定向分配给老街居民经营。在历史街区外新建市场无偿提供给老街居民设摊摆卖，从而防止了古镇保护后商铺林立及全民经商现象的发生。在游客数量攀升、景区内商铺极为抢手的情况下，乌镇将产权归公司的店铺从功能上加以规范，严格限制商业店铺扩张，避免古镇重蹈"商业化"覆辙。

"保护最彻底、功能最完备、环境最优美、管理最科学。"这十六字打造出乌镇建设全国一流休闲度假古镇的现状。开发后的乌镇如何定位，更多专家认为一定要护佑好古镇的"神"，即"小桥流水"之外的"人家"，缺少"人家"就缺少了古镇蕴含的传统文化和世俗生活。乌镇的办法是在不破坏"神""形"前提下，让"古镇社区现代化"，于是居民家用上了液化气、直饮机、中央空调、电信宽带，等等。老街居民的传统生活在继续，他们享受现代化文明生活的权利仍在，古镇开发没有以降低居民的生活质量与基本生活要求为代价，扎扎实实做到了"双赢"。

有一种效益是文化效益。乌镇古风犹存的东、西、南、北四条老街呈"十"字交叉，构成双棋盘式河街平行、水陆相邻的格局。这里的民居宅屋傍河而筑，街道两旁保存有大量明清建筑，辅以河上石桥，体现了小桥、流水、古宅的江南风韵。镇东的立志书院是茅盾少年读书处，现为茅盾纪念馆。镇上的西栅老街是我国保存最完好的明清建筑群之一。此外，还有修真观戏台、双桥风情、梁苑胜迹、唐代银杏、谭家湾遗址、昭明书院、文昌阁、茅盾故居、林家铺子、蓝印花布染坊、三白米酒作坊、刨烟作坊、木雕制作、缫丝和手工织锦、浙西老邮局、余榴梁钱币馆、江南百床馆、江南民俗陈列馆、三寸金莲馆等众多景点。乌镇成功举办过茅盾文学奖颁奖仪式以及江南水乡狂欢节，其旅游资源丰富，文化底蕴深厚，开发潜力颇大，现在对游客开放的仅仅是一部分，更多的文化基因尚待融入。

乌镇旅游，充满文化气息。这座小镇，千百年来名人辈出，文化成就斐然，曾出过64个进士、161个举人，现代中国文学巨匠茅盾诞生于此。深厚文化底蕴是支撑乌镇天下扬名的灵魂，乌镇非常珍视完整生活形态、深厚地域文化和"名人文化""民情民俗文化"。通过挖掘乌镇自身历史文化积淀，一些濒临失传的民间技艺请回来了，对桶匠、锡铜匠、烟作匠等给予补贴，鼓励手工艺人以作坊形式展示经营，对蓝印花布、三白酒、姑嫂饼等传统工艺品食品恢复生产，给皮影戏、花鼓戏艺人发放工资安排表演场所，大力支持民间武术协会、戏曲协会开展活动，乌镇历史上久负盛名的"香市"也重燃香火……旅游本质上讲是一种精神消费，只有文化的深度介入，才能让旅游带给消费者更丰富的体验，这也是当下旅游业转型破题的关键所在。

乌镇是文化创意集成地。在今天古镇游热潮下，有戏剧节的只有乌镇，戏剧节让乌镇变得气质不一般，他们认为文化才是放大景区 IP 最好的渠道。乌镇建了大剧院、美术馆，做了 4 届戏剧节。戏剧节的影响力及品牌价值越来越大，戏剧节的引入让国外开始深入了解乌镇，现在成了一个品牌，乌镇有了国际范儿。因为戏剧节、艺术展、世界互联网大会会址永久落户等内容形态，乌镇被逐渐放大，成了中国最热门的旅游目的地之一，"文化复兴"后的乌镇获得商业上的极大成功。在乌镇，有一种效益就是文化效益。

做旅游，乌镇比周庄晚了 10 年，比西塘晚了 4 年。我总在想：为什么乌镇可以后来居上？是否因为乌镇讨了这样一个"巧"：游客都觉得"乌镇像一个古镇"？现在，乌镇年接待游客量平均已达到近 700 万人次，有 80% 是散客，而这 80% 里面有一半是"二进宫"。游客晓得哪里的房子好住，哪里的菜烧得好吃，他们已经不需要"占用式"旅游，在那里拍个照"到此一游"，而是不忘初心，再来一次，深刻地体验一把乌镇风情。乌镇是一座博物馆，百步一桥，最古老的桥建于南宋，桥是古镇之目，无论眼睁着还是闭着，都能洞察一切，见证古镇的荣辱兴衰。一块青石就是一个故事，一座拱桥便是一个传说。那斑驳的每扇门、每根梁、每垛墙，都能讲述乌镇的变幻沧桑，折射出灿烂文化。古朴小巷里，让人油然而诵《雨巷》，撑着油纸伞像丁香一样结着愁怨的姑娘，你在何方？小桥古朴典雅，乌篷木船穿梭来往，水与桥是最主要的基调，也是最为浓墨重彩的风景。乌镇就是一个梦，与每一个游客缠绵。乌镇梦宛若一种情愫、一声呼唤、一个夙愿，似乎注定让人们在实现中国梦的旅途中，来赴一场美妙的梦幻之约。

乌镇所有的房屋都临水、面水、跨水，好一幅立体的水墨画。在江南六大水乡中，乌镇最安静，不为谁所动，任何时候来都气定神闲。乌镇在等待什么？等待游客的家园感悟？等待乡愁的似水流年？即便今天当大量游客拥进，乌镇人仍然那样平静，那样风采依旧。时光在乌镇变得迟缓，它只在游客的指点中潜然而去。

　　游人作别，更知相忆深。乌镇，来过，便不曾离开……

龙吟碛口

"九曲黄河十八湾，宁夏起身到潼关，万里风光谁第一？还数碛口金银山"。碛口依吕梁山，襟黄河水，是山西临县的一个古渡口。老百姓说，古时候黄河下游凶险，上游来往的船只往往到了碛口就停泊卸货转走旱路。碛口古镇是中国历史文化名镇，镇内的西湾村是首批中国历史文化名村。西湾城堡距离碛口不远，有明清时期古建筑群，和黄土高原互映成趣，相得益彰。

我 20 世纪 70 年代中期曾在吕梁山插队落户当农民，有几次到地区首府离石开会，离碛口已经很近，20 世纪 60 年代，中国也还没有旅游这一说，所以碛口只能在我眼皮下面静静地待着了。改革开放后，有几次到离石办事，车都往碛口的路上开了，不料半路突遇大雪或大雨，为安全起见，只得半途而返。我心里念叨，碛口啊，真不是那么容易让人一见真容的啊！

这一次，我终于走进梦绕情牵的碛口。

碛口位于黄河晋陕峡谷中部，临县城南 48 千米处，黄河由北而来，湫水从东而至，卧虎山横亘镇北，黑龙庙雄峙河东，水抱山环，阴阳交会，山的气势与河的雄浑自然形成"虎啸黄河，龙吟碛口"的壮丽图景。碛口自古即为军事要冲，到了明清至民国年间，凭借黄河水运一跃成为我国北方著名商贸重镇，碛口地处当年山西与内蒙古、晋陕商道水陆交通的中心点，是商品的重要集散地，西接陕、甘、宁、内蒙古，东连太原、京、津，享有"九曲黄河第一镇"的美誉。碛口的繁荣缘于大同碛的惊险，大同碛号称"黄河第二碛"，是一段近500米长的暗礁，落差10米，水急浪高。黄河河床在碛口由400米猛缩为80米，混浊的黄河水像一头被惹得暴怒的雄狮，"黄河行船，谈碛色变"，除了极有胆识的老艄公几乎没人敢在碛中行船，于是乎雄心勃勃的商人们只有"望碛兴叹"，极不情愿地将满船货物卸在碛口岸边，再雇用驮队经陆路转运。

当时西北各省的大批物资源源不断地由河运而来，到碛口卸下转陆路由骡马、骆驼运走，回程时再把当地物资经碛口转运西北。鼎盛时期，碛口码头每天来往船只有150艘之多。碛口凭借黄河水运，从清乾隆年间到抗战爆发，200多年间，一直是中国北方著名的商埠重镇，差不多吸引了大半个中国的商人，成为东西经济文化交流的枢纽。放眼望去，船筏在黄河里穿梭，驼铃在山谷间回荡，商贾云集，店铺林立，满街灯火，昼夜辉煌，正可谓"水旱码头小都会，九曲黄河第一镇"。长此以往，碛口便以"水旱码头小都会"之美名传遍南北。碛口是一个颇为重要的转折地标，意味着水路贩运的终结和陆路运输的开始。那高高耸立在卧虎山上的黑龙庙，成了商人们心中神圣的吉祥路标，眺望飞檐挑梁的庙宇，商人们长长地松一口气，终于可以告别艰险重重的黄河水道。现镇内有数量丰富且保存完好的明清建筑，几乎包括了封建制度下民间典型的漕运商贸集镇的全部类型。由于古镇至今还是原始质朴的居民生活形态，所以又以"活着的古镇"著称，成为旅游胜地。

徜徉碛口，浓郁的乡土气息扑面而来，黄河岸边的山洼里飘出优美动听的天籁民歌。头上裹着白毛巾，身上穿着羊皮马甲，手持皮鞭的放羊娃，对着黄河吼出动听的歌谣，歌声如同碛口的名字一样传递千里，那就是天生的优秀歌手啊！从古老沧桑的明清大院建筑群落中，从那些依山而列的窑洞中，人们能感受到碛口憨厚淳朴的情怀。岸边的毛驴依然在爬坡，河里的木船依然在奋桨，身边的黄河依然在奔流，还是那首乡愁歌谣，曾经的汾酒从这里走进了巴拿马获取金奖，民间的商业能人曾在这里留下多少传奇时刻，这里曾是晋商频繁出入的渡口，这里曾是晋陕文化的传播平台。

奔腾不息的万里黄河，积淀深厚的历史文化，山峦起伏的黄土高原，巍峨吕梁的绮丽风光，这些独特的人文景观在碛口交相辉映，相得益彰，形成了以碛口古镇为中心的碛口旅游区，迎来了新的发展机遇。穿过五里长街，仿佛穿越时空隧道，一下走进久远历史，一切都那么悠长、深沉、厚重。碛口主要景点有"古镇风韵""水旱码头""卧虎龙庙""黄河漂流""二碛冲浪""麒麟沙滩""黄河土林""红枣园圃"等，还有以"西湾民居"为代表的一批具有黄土高原建筑特色的晋商"老宅院"。古镇依然古色古香，脚下石板路，两边高圪台，房檐连房檐，店铺挨店铺。门对门，窗对窗，夜间屋里说话，对面听得门清。老店铺、老字号、老房子上到处镌刻下明清风格的砖雕、木雕、石刻，真乃"到处是文化，遍地见艺术"啊。

碛口古镇的街道、店铺是清代山区传统建筑的典范。主街道顺卧虎山从东开始沿湫水河西去，再逆黄河北上，时曲时折。更让人玩味的是，古镇后街只有200余米，却转了十八道弯，这些建筑完全依地形而建，街道都用石头铺砌，店铺都是平板门，门前都有高圪台。在主街道南有二道街、三道街，一条比一条短，形成梯形建筑格局。据记载，碛口店铺大规模修建是从清乾隆年间开始的，到1916年已店铺林立，除本县外还有包头、河曲、绥德、府谷、孟门、汾阳、孝义、介休、平遥等地商人开的店铺，繁荣时达三百多家。

当我又一次来到初夏的吕梁黄河岸边，万木葱茏，风景如画。恰逢以"黄河传统 时代生活"为主题的第四届古村镇大会在"九曲黄河第一镇"的临县碛口古镇开幕。大会发布了《中国古村镇保护与发展碛口新宣言》，"2019 网友最喜爱的十大古村镇"正式出炉，来自德国、意大利、荷兰、斯洛文尼亚及全国 22 个省市近 800 嘉宾莅临。大会围绕"黄河传统 时代生活"主题和"乡村振兴、文旅融合、保护与活化"三大专题，邀请文物保护、遗产研究与活化、城乡规划、文化旅游、建筑设计、乡村建设、民宿实践、投融资、互联网传播等领域专家学者、业界顶级领袖，结合古村镇发展趋势和热点问题，深度剖析文化遗产、自然资源的可持续保护及利用方式；从研究、规划设计、运营、传播等多个视角阐述古村镇发展的危与机；国际嘉宾结合本国案例分享了前沿农业知识和技术、农村人才培养路径、绿色生活模式及旅游资源推广方式等内容。

这让我回想起，2004 年的《中国古村镇保护与发展碛口宣言》，曾起到唤醒社会公众关注古村镇的作用。15 年后，古村镇的文化价值已经在全世界被更大范围接受，有更多数量的古村镇被列入政府保护名单。但是，相比于古村镇的庞大数量，和当下所面临的新型城镇化、乡村振兴、文旅融合、互联网新时代的社会大背景，还需要做出更大、更艰苦卓绝的努力，才能让古村镇得到有效保护。

"2019 网友最喜爱的十大古村镇"正式出炉，哪些古镇榜上有名？它们是乌镇、丽江古城、西塘古镇、宏村、碛口古镇、黄姚古镇、凤凰古城、西江千户苗寨、周庄、婺源篁岭 10 个古村镇，真是让人怦然心动、眼前一亮！全网参与、全民互动的评选结果，极大提升了全社会对古村镇文化和旅游的认识，唤醒了村民的文化自信，为乡村振兴事业注入强劲动能。

古村镇作为中国传统文化的重要载体，不仅是延续乡村历史根脉的

"活化石"，更是"留住乡愁"、传承乡土文明、建设美丽乡村、实现乡村振兴的前提和保障。碛口是中国历史文化名镇、国家级风景名胜区，记载着百年晋商的历史，古镇内现存的码头、客栈、店铺、庙宇，至今保留着黄河流域的农耕生活形态。碛口还是一座红色的古镇，中共中央西北局曾在碛口一带长期驻扎，见证着中国革命战争的历史转折。抗日战争、解放战争时期，碛口是华北通往延安的主要运输口岸，当时镇内建有军工厂、军衣厂，为繁荣边区经济和解决八路军、解放军的物资供应发挥了非常重要的作用。

碛口丰富的旅游资源和厚重的黄河文化，已被越来越多的人认可。来碛口考察的国内外专家认为：碛口是思想家的殿堂、旅游家的胜地、企业家的金库、艺术家的摇篮。我想到，秉承"保护与活化"的核心命题，原住居民是古村镇文化的重要传承载体，应该鼓励并强化原住居民作为古村镇保护与发展的主体地位，努力提升古村镇的宜居水平，为原住居民的继续居住创造条件。深入开展与古村镇保护相关的传统建筑修缮与改造技术培训也至关重要。此外，还应该积极引导新居民在古村镇内开展文艺创作、文化创业等活动，积极探索多种形态的产业发展路径。碛口不仅要"供游"，更要"供养"，只要各方人士行动起来付诸实践，为碛口古镇的保护与活化注入新理念、新共识、新力量，就一定能助力碛口古镇有一个新的发展和新的跨越，碛口的明天会更加美好。

碛口在吕梁，吕梁是我的第二故乡。这让我明白了：只有离开故乡，才能获得故乡。

桃花源，心灵的故乡

丰硕金秋，重返我的祖籍地湖南常德，为的是再访桃花源。东晋诗人陶渊明一篇千古奇文，连同湘西北文化景观和人文精神，在沅江一个拐弯处，唤起人们对于"桃花源"心向往之！"来到桃花源，寻找心灵的故乡……"《辞海》注释：《桃花源记》原型地在湖南常德西南 34 千米处。我来时，经过近 3 年闭园改造，睽违已久的桃花源景区蓦然重现，百名书童正放声朗诵《桃花源记》。

胜迹天成桃花源。"晋太元中，武陵人捕鱼为业。缘溪行，忘路之远近。忽逢桃花林，夹岸数百步，中无杂树，芳草鲜美，落英缤纷，渔人甚异之。复前行，欲穷其林。""林尽水源，便得一山，山有小口，仿佛若有光。便舍船，从口入。初极狭，才通人。复行数十步，豁然开朗。土地平旷，屋舍俨然，有良田、美池、桑竹之属。阡陌交通，鸡犬相闻。其中往来种作，男女衣着，悉如外人。黄发垂髫，并怡然自乐。……"这便是陶渊明笔下的桃花源，一切是那么悠然，一切又是那么美好。

桃花源属"江南古陆"，历经五次造山运动，升降交替，自然妙造，胜迹天成。沅江风光带长 69 千米，汇四十二溪清漳，含九处复水湾洲。其江其岸，艟舫晚渡，绿萝晴画，白马雪涛，楚山春晓，梅溪烟雨，渔村夕照，穿石缭青，水心砥柱，新湘凝绿，仙姑天峡……诸多景观逶迤不绝，扑面而来。

桃源山景区，依山临水，洞转峰回，暮鼓晨钟，猴啼野渡。桃花山景区，两山夹峙，洞天如闭，峪错林翳，斜阳古道，辗转通高，悬池落井。灵境湖景区，峰上嵌湖，湖畔镶峰，山水层叠，鱼踪鸟影。秦人村景区，十里曲峪，关山塞水，唯凭三穴古洞通幽。桃仙岭景区，鸡鸣峪峡谷，两端豁然开朗，宛若源中世外交替处。五个景区环拱之中，亦为佳境。其内秀美田园两百多公顷，而出入口仅三四十尺，因而李白为其点赞："三十六洞，别为一天！"

这是一个强大的文化符号：桃花源景区与张家界景区、凤凰古城景区共同构成湘西北旅游金三角。

历史上的桃花源，久负盛名。晋朝，道教文化已扎根桃花源，唐朝时为四大道教圣地之一，与峨眉、武当、南岳齐名。古代潇湘八景之一的"渔村夕照"就在桃花源。千百年来，桃花源忙煞古今游人，其人文美景吸引无数文人墨客、羽士高僧来此游历沉吟，逐步整合形成儒、道、佛、傩等多样文化形态。陶渊明、孟浩然、王昌龄、王维、李白、杜牧、刘禹锡、韩愈、陆游、苏轼等都在此留下珍贵诗文墨迹。

桃花源自东晋陶渊明美文问世，便广为后人就景印证，以至文景声名两盛。该文所述避秦绝境，恰与沅水之滨武陵郡桃花源吻合，被历代文人羽士作为"世外桃源"原型真迹推崇，吟诗题咏，撰事纪志，著文立碑，挥毫入圃，为文坛史库留下宝贵精神财富。唐代诗人王维《桃源行》中"春来遍是桃花水，不辨仙源何处寻"的诗句，为今日桃花绽放胜状之绝妙写照。

桃花源文化始于晋，兴于唐，盛于宋，千古魅力，代代弘扬，融合

当代作家精品·散文卷　主编　凌翔

文旅号远航

萨尔浒：一个特殊的风景之地

　　早就听说过历史上大名鼎鼎的萨尔浒之战。初夏来辽宁抚顺采风，终于实现了一睹当年古战场风貌的夙愿。

　　萨尔浒的浩瀚水面、起伏群山、茂密森林、丰富历史遗迹构成一幅幅绚丽多姿的风景画卷，其景观特征乃是：山青、水碧、洞古、石奇，既有云山淡淡、烟水悠悠的湖泊水乡风貌，又具峰峦叠嶂、雄秀幽奇的山岳景观特征，为辽东大型自然山水风景名胜，无愧为辽宁的"风景明珠"，正在快速成长为辽东一个新的旅游胜地。

　　以大伙房水库为中心，萨尔浒沿湖有白龙山、王杲山、德古湾、莲花岛、营盘三岛、元帅林、铁背山、萨尔浒山等八个游览区。而萨尔浒真正的景观价值还在于它历史悠久的满族文化，清朝在这里发展壮大，努尔哈赤指挥的古今闻名的萨尔浒大战为后金西进辽沈，定鼎中原拉开序幕。

　　萨尔浒大战发生在 1619 年，是著名的以少胜多的典型战例。此战历时五天，清太祖努尔哈赤以其卓越的军事才能指挥后金以六万兵力惨败二十万明军，为日后西进辽沈、建立大清帝业奠定了坚实基础。大战途经王呆山、莲花背大营，延伸至萨尔浒山城，现在古战场虽多被湖水淹没，却凝聚着厚重的明清历史文化内涵。

满语"萨尔浒"，汉译为"木橱"，意思是此山森林茂密，物产丰富，取之不尽。当我身临其境，徜徉其中，才深深感悟到抚顺"满洲故里，启运之地，好山好水好空气，又福又顺欢乐邑"之旅游宣示的深深内涵，真正是货真价实的抚顺文化旅游的特色品牌和生态旅游的形象标签。我由此相信，在辽宁省这个消夏避暑节里，抚顺一定能够吸引来更多慕名而来的游客，一定能写下更多美妙的旅游佳话。

历史上萨尔浒城堡林立，界藩城、萨尔浒城是努尔哈赤后金政权所在地，莲花背大营是历代清皇东巡行营，康熙、乾隆、嘉庆、道光皇帝先后十一次在此驻跸，三慧寺堪称辽东最大的佛教寺院。萨尔浒的行营遗址、历史掌故、名人轶事、诗文碑刻等历史文化底蕴丰富，人文景观沉淀厚重。清前史记和山水风光相互交融、和谐统一，形成了国内少有、品质较高的旅游景观。

人们都说，萨尔浒是一个特殊的风景之地。特殊在哪里？脚下是沙场，厚土里还埋着金戈铁马；身边是林海，耳畔还回响着两军鏖战的厮杀之声！在这种环境氛围中，作为一个旅游者，怎能不怀想？又怎能不思考？一个号称百万雄师、人口众多、人力物力资源远比小小女真强盛得多的明朝，为什么却在萨尔浒被打得一败涂地，溃不成军？明朝战败的根本原因到底是什么？

明万历年间，建州军侵犯明朝边境，明朝任命兵部左侍郎杨镐进军赫图阿拉平叛。面对明军四路围攻，努尔哈赤采取"凭你几路来，我只一路去"的作战方针，集聚八旗强兵打歼灭战。首先，以八旗精锐迎击欲立首功的明军主力杜松部。双方对峙之际，努尔哈赤趁杜松派兵袭击界凡之时，猛攻萨尔浒明军，明兵溃败，杜松战死。紧接着，努尔哈赤大败马林部，马林逃往开原，叶赫兵仓皇撤退。努尔哈赤再挥师南下，诱敌深入，在阿布达里，围歼刘铤东路军，刘铤阵亡，姜弘立所部投降。杨镐闻知三路军惨败，急令南路军李如柏撤回。此役，努尔哈赤拉开西进辽沈、定鼎中原的序幕。六月，打下开原。七月，攻占铁岭。从此，努尔哈赤由防御转入进攻，明朝在东北的统治开始全面瓦解崩溃。

不少游历过萨尔浒的学者曾"触景生情"，对此历史事件进行过深入剖析，概括起来主要有：

明朝军队腐败。军人地位低下，利益集团对整个军队和基层士兵的压榨与盘剥深重，这些因素早已从根源侵蚀毁灭了明军战斗力。打仗，打的就是后勤和钱，萨尔浒战前，明朝国库早已被"万历三大征"掏空，国家财力窘迫。贪污腐败盛行之际，国库的钱都跑到哪里去了不言自明。明朝军事指挥系统运转不灵。到努尔哈赤攻占抚顺时，明朝兵部尚书职位居然空缺，此时这个对国家至关重要的部门已经半年没人在位。皇帝不上朝，兵部不运转，警报频频空响，无法应对。选帅用人，用的居然是杨镐这么个军事庸才。他在朝鲜对日作战率先逃跑，导致明军先胜后败，战后竟然被提拔为辽东巡抚。任职期间，已经有人警告努尔哈赤将是辽东巨患，杨镐视而不见。到了萨尔浒战前，他又被任命为经略兼任辽东巡抚，并赐尚方宝剑。朝中一个御史举荐说："虏逐原野，其技几何？劲兵宿将，唯我知之。镐之才力，足以办此！"杨镐是怎么"办"努尔哈赤的？竟然将出征赫图阿拉的明军分成四路，各为孤军，战力分散，终被对手各个击破。再有，明军当时虽然战斗力下降，但火器装备绝对领先，关键是杨镐没有戚继光那个本事把火器有效配置，自断兵锋。

抬头望景，低头思考，此番旅游，收获颇多。兵者，国之大事，死生存亡之道也！军事统帅之优劣，对战争胜负关系甚大。杨镐在战后被明朝处死，死其晚矣！萨尔浒大战败局带来的"多米诺骨"负面影响蔓延开来，一发而不可收。有能有才者得不到重用，趋炎附势者却能当上统帅，这也无疑表明明朝内部出了大问题。

毕竟是在古战场上建起的风景区，萨尔浒总面积有268平方千米，其中水面占110平方千米，是辽宁省最大的人工湖泊景区，这个人工湖泊就是大伙房水库。由于水面狭长，港湾交错，从高空俯瞰酷似一条飞舞巨龙，所以又称"飞龙湖"。相传唐朝名将薛仁贵率兵征东时在此埋锅造饭，安营扎寨，之后形成村落名曰"大伙房村"，1954年建水库大坝时坝址选此，故名大伙房水库。该水库现除防洪、灌溉、发电、水产养殖外，更成为"旅游新宠"。水库盛产胖头、鲤鱼、鲫鱼、武昌鱼等30多个淡水鱼种，其中胖头鱼最大的达50多千克，不少游客在此品尝鱼宴，一饱口福。

萨尔浒，就是这样一个被打上古战场标记的特殊风景之地。其实，明朝失败的种子早在战前就已种下。这是量变到质变的必然结果。腐朽了、没落了就必然要挨打被淘汰，清王朝的下场也如出一辙，历史无情，铁律无私！

朱德元帅1959年游览萨尔浒时曾题诗曰："子孙万代享幸福。"我想，安享和平是人民之福，当今天的人们在尽享幸福的时刻，也同样面对着历史的叩问和考验，以史为鉴，温故知新。

"铁背山头歼杜松，手麾黄钺振军锋。于今四海无征战，留得艰难缔造踪。"此诗是清朝乾隆皇帝为纪念明末清初之际的萨尔浒之战而作。虽然乾隆在诗词上造诣实在不高，这首诗也基本是打油诗水准。但短短几句诗还是在讴歌清军战绩之后，点出萨尔浒之战的巨大影响力。萨尔浒之战堪称清（后金）的立国之战，更是中国古代历史的一个转折点，影响和决定了千千万万人的命运。

茅山脚下的东方盐湖城

江苏常州金坛自古有"江东第一福地"美誉。

茅山就是坐落在这里的一座道教名山，也是我国六大山区抗日根据地之一。历史上，茅山曾有三宫、五观、七十二茅庵，还有九峰、十九泉、二十六池胜景，钟灵毓秀，紫气万千，自然风光秀丽，人文古迹众多。抗日战争期间，陈毅率军东进，建立了以茅山为中心的抗日根据地。在茅山乾元观，听老道长讲过：当年，新四军进入茅山抗日，伤病员得不到及时治疗。有个叫辛三仙的老道因不愿给日本兵看病，避进乾元观。陈毅知悉后，三进乾元观拜请辛三仙。每次留下一句诗文，表达救国抗日之志。辛三仙读后为之感动，献出采集的名贵草药，并决定在乾元观设立新四军医院，由他采集中草药医治。陈毅紧握三仙的手，随即吟出一联："三顾道观，三拜三仙仙出山。"辛三仙当即吟出下联："四读雄文，四仰四军军进观。"这真正是天下绝联啊！

中国道教"四大名山"之一的茅山，道文化底蕴深厚。拥有储量达一百多亿吨的大型盐矿以及成熟的制盐工艺、悠久的盐文化。东方盐湖城就是乘着全域旅游的春风，选址构造在这里。整个城郭以养生、休闲、人文、娱乐为定位，占地 27.8 平方千米，投资近百亿元，以茅山的自然资源及道文化、金坛地缘文化为依托，根据文化引领、旅游支撑、度假主导的"三位一体"发展机制，项目总体规划以道天下为"一核"，加上茅山风情小镇、山地运动公园和道养生休闲公园为"三区"的规划，以建立国家级旅游度假区为目标，成就中国休闲度假胜地。东方盐湖城之神奇山镇·道天下景区，正是对中国天人合一、八卦风水等道家思想的创造性解读和诠释，位于东方盐湖城的核心位置，于那年春天云开城现，正式迎客。

以山、水、盐、茶、药、泉六大自然资源及道文化为依托，秉持"传承文化、创造经典"的责任与使命，做好"文科融合、业态整合、产品复合"三大特征为核心的中国旅游"4.0"时代首发产品，理想目标是培育壮大集休闲度假、文化展示、互动体验、山地旅游等主题于一体的国家级旅游度假区。

穿行于茅山守护神三茅真君的巨石像中，跟随道家手诀指引，方得进入神奇的风情小镇。

小镇根据东方远古对宇宙生成和自然构成的理解，以中国文化之根——周易八卦为破题立意，通过"太极生两仪，两仪生四象，四象生八卦"的巧妙策划，通过宝物、神灵、筑景、主客、经营五大体系的支撑和转化，结合"乾、坤、坎、离、震、巽、艮、兑"的八卦文化，建设了一观、八院、道风街等特色旅游项目，将中国工艺美术、文化传承、自然生态和科技体验融合，开创集"宗教文化展示""江南神奇山镇""创意互动体验"于一体的中国新一代山水文化旅游度假产品，推出"江南丽江"和不一样的中国道文化体验之旅。

道天下景区，其设计以道历纪年、道风名山、道纳名士等道文化为主线，并将这种理念巧妙融入每个景点中，处处展现出精深的道家文化和独具的匠心。道天下大致分为茅山风情、玄门妙韵、喜乐五福、葆春延年四条主要街道，每个街区又有其独特的主题和不同风貌，门市玲珑，古韵盎然，风情乡坊，神奇小镇。

小镇设有"一观八院十家宿，廿馆百铺千间房"，八院取义于中国周易"乾、坤、坎、离、兑、艮、震、巽"八个卦象，以不同卦象所对应的自然属性为策划源泉，铸成八座风水各具的特色院落；"廿馆"为二十余座主题文化展馆，将历史"活化"，通过"寓教于乐"式的创新演绎，形成中国最大的体验式旅游文化博物馆群，故而这里还有"中国唯一活态道文化生活博物馆"之称，使人身临其境感受中国传统道教文化。景区不仅是简单的太极八卦地理布局，古朴街巷，飞檐斗拱，亭台楼榭，颇具鲜明魏晋风格，尽露魏晋气息。漫步其间，俨然置身穿越萦绕千年历史的魏晋天地。

茅山风情小镇开放已近三年，我两次来游，深感它颇受市场认可。目前景区累计接待游客量已数以百万计，营收纯利破亿元。紧握以"文化活动"树品牌、以"主题活动"促市场的理念，东方盐湖城积极策划举办、承办包括"首届世界道文化大会""国际博物馆日""国际道学青少年交流活动""中华民谣歌会""中国微电影大典金蜂鸟奖"等大型品牌活动，更是获得"中国年度最佳休闲小镇""十大长三角自驾亲子游项目""江苏省科普教育基地"等多项殊荣。近年来，新建的旅游景区如雨后春笋，其中不温不火的占了绝大多数。东方盐湖城却有如此傲人成就，从一众新兴景区中脱颖而出，其速入佳境的秘诀在哪里？

我对东方盐湖城印象颇深的是，随处可见玩耍的孩童、背包的学生、亲密的爱侣、漫步的老人……可谓老少皆宜。东方盐湖城主打全家人度假的品牌定义。景区以游客需求为导向，形成了一套贴近其道文化主题小镇的景区文化。为了增强游客的场景体验感，推行"全员演绎化"服务，每一名员工都会应时应景地穿上特色工作服，扮演特定角色。我在景区就随处遇到这样的"货郎"，街边演示、吆喝叫卖，与游客互动。在以国家级非遗金坛刻纸为主题的纸花阵内，我亲自动手刻画了一幅刻纸作品。在以中华成语为主题的知道坊中，游人将成语故事编排为主题情景剧进行场景再现，极具参与性、趣味性与互动性。盐君殿则展示了江南盐藏资源、古代井盐制作方法等中国盐文化，还展示了世界各地的盐风俗、盐风景及盐艺术创意。一台洒吉盐演出惊艳亮相，更是吸人眼球。而乐道抄经，一笔一画，皆是悟道，安安静静，认认真真，抄完一段清净心经，既是自省也是修心，当空白的纸张抄满经文时，也升华完成了与自己内心的真诚对话。

为了丰富景区"住宿+"体验，将餐饮、体验、游学、演艺融合其中，酒店客人入住，会收到"玩转小镇24小时"攻略，如射箭、打太极、抄经、品茶等三十余项活动一目了然。每个山居酒店还会配备一名驻店老板娘，以家的形式热情招待每一位客人，空暇时还会亲自下厨做一些饺子、馄饨、春卷、小蒜饼等美味食品请大家品尝，使住宿体验更加生活化、情感化，不断收获回头客。游客的点赞浓缩成三十二个字：

> 紫气东来，八方福运；茅山胜境，福域金坛；山水如画，道法自然；乐活之地，养生之城。

重访东方盐湖城，乃猪年春节临近之时，联想到东方盐湖城狗年年俗旅游开门大红，不得不再提一笔。去年，这里年俗类定制旅游产品反响火爆，众多游客在小镇玩了一把"穿越"，过了一个充满年味的中国年。茅山庙会始于明初，是当地三大民俗之一。东方盐湖城将茅山传统庙会真实还原，云集当地特色小吃：糍粑、香酥逍遥饼，各种茅山风味应有尽有。道家养生火锅五熟府，不同锅底都有秘制药膳包，选用当归、黄芪、杜仲、葛根、党参、五味子等十三味中药材，由知名药膳大师根据家传秘方配置而成，具有滋补养生、美容养颜、增强免疫力等功效。景泰蓝、梳篦、留青竹刻等非遗传承大师亲自上阵制作。游客还能在天师台广场目睹飞斧神鞭、古戏台欣赏杂耍卖艺，市井文化，原汁原味，春雨绵绵，记忆暖暖。大年初一始，小镇每天近五十场表演贯穿整个街巷，举刀拉弓、京剧变脸、皮影灯戏、口技逗狗等，一展身手的都是专业民间表演团队。其中最受关注的"新春财神大巡游"以茅山盐财神葛洪为创作元素，从请财神到接财神再到送财神，每个环节都生动地展示了道家文化礼仪。春节期间，小镇酒店爆满，中外游客逛庙会、赏灯节、看百戏、泡温泉，体验旧时生活场景，邂逅一番乡愁时光。

"白云观上观白云，百羊山下接红尘；翠微遥对三清台，缤纷散入桃花林；道通万物法自然，和谐人间享太平。"

临别时，为我送行的东方盐湖城一位高管说："诗与远方，文旅合璧，勇于开拓，砥砺前行，来年会比今年更加红火……"

道天下，天下之道也。

神秘勒布沟

在西藏山南仓央嘉措故乡旅行，从海拔 4500 米的波拉山口下到勒布沟，一路都是茫茫无际的原始森林，从热带雨林植被到冷杉植被，原生态自然景观让我置身画廊。杜鹃花、茉莉花、月季花和无名花在我眼前盛开，林中的飞瀑声在我耳畔震撼，我被嬉闹中的猴群、藏雪鸡和飞鸟所"围观"，它们用惊喜的目光打量我这个"天外来客"。

勒布，藏语就是"好的地方"的意思啊！神奇勒布沟，犹如世外桃源，喜马拉雅山东段的一条南伸式大峡谷，西方是不丹王国，南方是门隅核心区域达旺，从高寒的世界屋脊陡降到亚热带湿润地区，犹如小墨脱。如再用凝练的语言描述，山南以南是错那，错那以南是勒布沟，勒布沟以北是仓央嘉措故里麻玛乡。这里气候宜人、物种丰富、山川秀美、鸟语花香，一年四季盛开着美丽的杜鹃花、茉莉花、月季花和各种各样叫不出名字的野花，堪称高原一绝。

历经高原反应和坎坷征程，我终于投入到勒布沟的怀抱！

千万不要顾名思义以为这就是一条不起眼的小山沟，它可是喜马拉雅山脉之东段向南伸展出的一道大峡谷。勒布沟风景区位于西藏错那县西南部，西临不丹，南与印度接壤，是我国西南边陲重要门户。沟中原始森林面积达 36 万亩，植被繁茂，原生态动植物品种达 140 多种，其中有国家一级保护植物红豆杉等，峰峻壑险，美不胜收。这里生活着金钱豹、雪豹、猕猴等国家保护动物。勒布沟的杜鹃分两种，小叶杜鹃和大叶杜鹃。小叶杜鹃细碎、低矮，以紫色和粉色为主。大叶杜鹃花形大，叶子也宽大，枝干粗壮。让人惊叹的是，两种杜鹃竟然能盛开在同一块土地上，把山野打扮得新嫁娘一般。勒布沟的杜鹃花海和高山湖泊一道隐于高原秘境中，雪山之下盛开的杜鹃，或于青山绿水间相拥成一大片，或独自挺立峭壁，或掩映在丛林间，宛如水墨画般优雅。花朵饱满，颜色艳丽，远远望去，成团成团的花簇使这山野间充满生命活力。杜鹃从未被"眷养"，从未被观望，只是被大自然赋予野蛮生长的力量，寒冬里潜伏，阳光下绽放，那耀眼的色彩和西藏的蓝天、雪山、湖泊一样，彰显着生命的硬度和虔诚的能量。

"拿日雍错"藏语意为"财富非常多的湖"，再往前走，就观赏到了有着 1700 多年历史的曲卓木乡古沙棘林。生长在高原的沙棘不仅生命力顽强且药用价值很大，唐代《月王药诊》记载了沙棘的医药用途，认为主要有利肺、养胃、健脾、化瘀等药理作用。沙棘还是一种神奇的多功能植物，既能生产营养丰富的果实、枝叶和发热量很高的薪柴，又具有极强的水土保持、改善生态环境的功能。勒布沟，堪称是天然植被宝库和野生动物的天堂乐园。

门巴族居于世界屋脊喜马拉雅山南麓，是我国具有悠久历史文化的少数民族之一，有自己的语言，通用藏文，主要聚居在错那县以南的门隅地区，共五万余人。"门巴"原是藏族对他们的称呼，意为住在门隅的人。新中国成立后，正式定名为门巴族。门巴族人民与藏族人民长期生活在一起，互相通婚，在政治、经济、文化生活习俗等方面都有十分密切的渊源关系。给生活在"桃花源"的门巴人，披上了一层神秘的面纱。

这里如"桃花源"一般，被誉为"青藏高原上的江南"。门巴族人很热情，我来访时，都出门笑脸迎客，主人奉上酥油茶、糌粑和青稞酒热情款待。在麻玛村旅游时，正逢鞭炮响起，赶上结婚办喜事的啦。门巴族婚礼饶有风趣，婚礼前，新郎一方要带几竹筒酒上路迎亲，新娘途中要喝三巡酒。新娘进屋后，新郎家要摆酒肉和油饼款待客人，此时新娘的舅舅必故意刁难新郎家，以考验男方诚意。新郎家要献哈达、陪话，不断添加酒肉，直到舅舅满意为止。婚宴上，新郎、新娘要轮流给客人敬酒，客人还要求新郎、新娘互敬对饮，并让他们当众比试谁喝得快，谁先喝完就预示着今后谁来当家。

门隅有着十分丰富的竹木资源，门巴人特别擅长编织。竹方盒、竹斗笠、藤背篓、竹筐等制品工艺精美，特别是传统手工艺品木碗别具一格。制作木碗，要选用质地坚硬的桐树、桑树或桦树的树干、树节或树疙瘩做原料，经过切削刮制多道工序而成。精细的木碗纹路清晰，厚薄均匀，再涂上特制漆料，令人爱不释手。用这种木碗喝酥油茶，香气浓郁扑鼻，且携带轻巧方便，深受藏民喜爱。麻玛村是"网红"上榜的"木碗之乡"，村里老艺人制作的木碗遐迩闻名，常被游客作为工艺品买走珍藏送礼，我就一下子买了一打。

仓央嘉措创作的诗反映了活佛和俗人的双重生活——《见与不见》："你见，或者不见我／我就在那里／不悲不喜／你念，或者不念我／情就在那里／不来不去／你爱，或者不爱我／爱就在那里／不增不减……"还有这首流传甚广的情诗："第一最好不相见，如此便可不相恋。第二最好不相知，如此便可不相思。第三最好不相伴，如此便可不相欠。第四最好不相惜，如此便可不相忆……"

真可谓转瞬即逝，唯有《仓央嘉措情歌》世代流芳，声名远播。白云苍狗，岁月荏苒，这些情歌一直在民间百姓的口中萦绕，传诵不衰，历久弥新。仓央嘉措才华横溢，所著《仓央嘉措情歌》采取了"谐体"民歌形式，有音乐感有悟性有灵性，多用口头语，比兴兼具，具有浓郁民歌风，纯粹天籁之音，乃是他大胆追求爱情的真实写照和一个宗教叛逆者的心灵披露。《仓央嘉措情歌》是青藏高原最流行的情歌，是青藏高原最深入人心的民歌。仓央嘉措的才情，几百年来还氤氲在青藏高原，仓央嘉措因情歌而获得另一种生命，一种永恒的有着文学色彩的生命。

伫立小木屋前，我思如潮涌，感慨万般！

勒布沟就是一个奇妙的世界，是远离喧嚣的人间乐土。

西津渡古街拾贝

前些日子去江苏镇江旅游，抵金山寺暮时，雪花横飞。次日清晨，再到西津渡，便是冬日暖阳了。看来，西津渡的好客，是"天若有情"啊。

走在西津渡古街的石板路上。

南宋先人辛弃疾曾在此吟诵豪放激荡之诗："何处望神州？满眼风光北固楼。千古兴亡多少事？悠悠，不尽长江滚滚流！"千百年来，满眼风光的镇江和西津渡，迷醉了多少不胜枚举的历史名人？留下了多少为后人传诵不衰的千古诗篇？

长江不废，渡口隽永。有人说，西津渡是一座天然的历史博物馆，每一处建筑都镌刻着历史印记，都是研读镇江这座文化名城的关键所在。西津渡古街位于镇江城西云台山麓，依山临江凿栈道而建，一条不足千米的古街闪耀着工匠精神，足可以让人整整走上千年，看到千年。西津渡现离长江有300多米远，起始于六朝，唐代曾名"金陵渡"，宋代后称"西津渡"。规模空前的"永嘉南渡"，北方流民有一半以上是由此登岸。

东晋隆安五年，农民起义军领袖孙恩率"战士十万，楼船千艘"由海上直抵镇江控制西津渡，切断南北联系并围攻晋都建业（今南京）。684年，唐高宗李治驾崩，皇后武则天临朝称帝，徐敬业、骆宾王等在扬州发动武装起义，兵败后徐、骆等渡江"奔润州，潜蒜山下"，在此写下千古檄文《为徐敬业讨武曌檄》。宋代这里是抗金前线，韩世忠曾驻兵蒜山抗御金兵南侵。宋熙宁元年（1068年）春，王安石应召赴京从西津渡口登岸，壮士一去不复还……

走在西津渡古街的石板路上。

回望青史，古江南的倩影在哪里？亦是"文学嗜好"使然，我发现西津渡曾有李白、孟浩然、张祜、王安石、苏轼、米芾、陆游等很多文人骚客驻足，连大旅行家马可·波罗也曾在此候船登岸。宋代陆游遍游名胜古迹，伫立西津渡时对每日运送上千兵源感叹不已。宋代王安石从西津渡扬舟北去，舟掠瓜洲，吟诵出经久不衰的《泊船瓜洲》："京口瓜洲一水间，钟山只隔数重山。春风又绿江南岸，明月何时照我还。"从古到今，西津渡扮演繁华市井角色，招呼南来北往的游子、商贾、官宦，查慎行"舳舻转粟三千里，灯火沿流一万家"写不尽镇江繁华。更有清代诗人于树滋所叹"粮艘次第出西津，一片旗帆照水滨。稳渡中流入瓜口，飞章驰驿奏枫宸"，难以描绘西津渡人来舟往的繁忙景象，只有暗暗维系那数代王朝经济血脉的通和……

走在西津渡古街的石板路上。

古街不远处，"镇江英国领事馆旧址"孤独支撑，高高石阶上铁栅栏门紧锁，人去楼空，殖民主义幽灵早已逃遁，但很多游人仍希望能走进去纵览，看看"日不落帝国"凭啥奴役蹂躏了一个东方文明古国？转过两道弯，展现在眼前的就是全国唯一保存完好、时光久远的过街石塔。该塔建于元代，高五米，分塔座、塔身、塔颈、塔顶，呈亚字形，上刻有佛门八宝。狭窄小街上，来往行人每每从塔下经过，便经历一次顶礼膜拜。石塔左侧门洞是观音洞，右侧是救生会。城隍庙戏台坐南朝北，紧紧依偎着云台山麓的石壁，远看仿佛镶嵌石壁之中，正面却有着强烈向外舒展之势，不为陡峭山势所羁绊。戏台为二层单檐歇山顶，三面飞檐。每到周末，常有民间剧团在这里演出淮剧，吸引许多戏迷票及和游客来此观赏。

走在西津渡古街的石板路上。

步入时光隧道，西津渡历史跨越千年。因渡而生，多元聚合，人文荟萃。古渡文化是津渡文化的基础和前提，由此衍生出了以济度救生、平安和谐为核心价值的津渡文化。融合以义渡局、救生会为代表的救生文化，以观音洞、超岸寺、铁柱宫为代表的宗教文化，以江南民居、宗教建筑、西洋建筑、民国建筑等多元聚合的渡口建筑文化，以宝盖山、云台山、长江、运河为主题的山水文化等，西津渡作为古代津渡文化保护区成了镇江文物古迹和文化胜迹保存最多、最集中、最完好的地区，是镇江"文脉"标志之所在。街区内现存有昭关石塔、英国领事馆旧址、西津渡古街 3 个国家级文保单位，观音洞、救生会、待渡亭、超岸禅寺等 14 个省市级文保单位，展示着镇江古城的个性风貌和发展脉络，是城市文化特色最集中的体现，名副其实的"中国古渡博物馆"。

走在西津渡古街的石板路上。

古街青石板路面上那深深的车辙，一条条中间带着凹槽的青石板顺着石阶方向蜿蜒而去，这是以怎样的洪荒之力勾勒江南古渡的斑驳沧桑？当年一派繁荣兴旺景象背后，则是推着独轮车的劳工汗流浃背吃力地在石板路上日夜躬行！错落有致的建筑，多为明清遗迹。翘阁飞檐、青砖雕花、斑驳柜台、杉木板门、众多古迹、古朴生态、淳厚民风、诱人美食"锅盖面"等等，无不让人有乡愁"重重复重重"之感。对新潮的青年游客来说，觉得西津渡文艺气息已盖过古风遗韵，更适合小资情侣在午后暖阳中喝杯卡布基诺，吃块英式甜点，度过一个悠闲的其乐融融的下午。这里有茶肆、酒吧、诗社、画院、Wi-Fi，文人雅士慢生活的好去处，古街复古自不待言，古风里也不失网红小清新哪！"渡客酒吧"乃以茶会友，其宣言"宣"得好："不要承诺，不要誓言，只要一杯茶的温度！"逛一逛，古街上的小饰品买点什么好呢？禁不住买几件好玩的旅游小物件回去分送友人。万顺昌老字号5元状元饼店真有"揽客意识"，看看上面的涂鸦，都是手写宣传他家状元饼的知名度，曾上过央视二套、《中华遗产》《扬子晚报》，这饼你还能不买不尝吗？走过一家乐器小店，一位优雅女子正用十二孔陶笛吹奏时下流行的《卷珠帘》，声音婉转悠扬，沁心入胸，悦耳动听。

走在西津渡古街的石板路上。

执着保护，久久为功。同行的旅游界朋友告诉我：西津渡历史文化街区保护坚持高起点，专门制定施行了《镇江市西津渡古街区保护规划》等措施，明确规划范围和规划目标，并编制修建指导项目予以实施。同时，西津渡历史街区的保护更新通过货币安置及实物安置方式，降低人口密度、改善人居环境、统一街区管理、减少人为破坏。对文物建筑坚持"保持原状，修旧如旧"的修缮原则；对历史风貌建筑立足"迁危拆违、保持风貌"的维修策略；新建景点园区采取"呼应得当，品相相容"的营造思路；工业文明建筑采用"保存形态，功能再造"的操作手法。

如今，在西津渡累计投资已达8亿元，修复各类历史文物建筑5200平方米，维修传统民居4.5万平方米，完善了街区配套、景观和亮化工程，街区内修复了许多历史建筑和展馆。西津渡历史文化街区先后荣获"联合国教科文组织亚太地区历史文化遗产优秀保护奖"，"江苏省文化产业示范基地"称号，全国最受欢迎的"20个世博体验之旅示范点"称号。西津渡历史街区未来发展，将南面环山、北部亲水，规划占地面积约1平方千米，保护建筑和规划建设面积达40万平方米，其中核心文化区津渡文化保护区6.3万平方米，使西津渡之"人文"、云台山之"青山"、西津湾之"绿水"交相呼应、相得益彰。以西津渡古渡文化为核心,以"一山一湾一渡三街"为特色文化集聚,一个功能齐全、配套服务完善的国家级示范综合旅游度假区,正呈现在镇江城边,长江之畔。

走在西津渡古街的石板路上。

古街巷里游人如织。日上三竿,我终于读到了那首题壁诗,是唐代诗人张祜亲笔题写在西津渡某墙壁上的。诗意境凄美,画面感极强,与张继《枫桥夜泊》同题写"客愁",各臻其妙境:"金陵津渡小山楼,一宿行人自可愁。潮落夜江斜月里,两三星火是瓜洲。"当年康熙皇帝南巡登上西津渡码头后,在这里驻足休憩,品茗专赏此诗。

俱往矣!古韵犹在,生机勃兴。不由得让人感叹:西津渡是古老的、历史的,但它又是年轻的、现代的。石板路上阅不尽历史沧桑,每一个置身古街的居民和游人,沐浴在这冬日温和的煦光暖阳中,不忘初心,逐梦前行,这是一种多么惬意的生活,一种多么美好的享受啊!

大美金山湖,醉美西津渡。

杯酒飘香溯青史

沧海桑田，岁月蹉跎，中国酒文化源远流长。

折冲樽俎，狂傲不羁，中国酒文化典故纷繁。

酒作为一种绝佳的社交媒介，为历代名人君王所识所用，留下许多佳话轶事，注定成为中华民族津津乐道的永久的乡愁记忆。在祖国大地旅行的路上，回望历史，穿越时空，我每每又与这些有关酒的"乡愁记忆"邂逅。

以酒为器霸西戎。秦穆公是春秋时秦国的国君，曾攻灭西边的十二国，称霸西戎，他一生的功业为秦国雄起做了扎实铺垫。他不但善用人才，而且还善于用酒结交"朋友"，用酒软化敌人。秦国东进路被晋国阻止后，转而向西发展。当时，西边有许多戎狄的部落和小国，如昆戎、绵诸、翟、义渠、乌氏等，他们各有所长、不相统一。常常突袭秦的边地，抢掠粮食、牲畜和人口。秦穆公向西发展，采取了先强后弱、次第征服的策略。当时，西戎诸部落中较强的是绵诸和义渠，绵诸国王驻地就在秦的故土附近。绵诸王听说秦穆公贤能，派使者去秦国。秦穆公隆重接待来者，向他展示秦国壮丽宫室和丰厚积储，并挽留使者在秦国居住。同时，秦穆公给绵诸王送去很多美女和美酒，以及动听的秦国音乐和美妙的秦国舞蹈。此后，戎王终日饮酒享乐，不理政事，以至于国内大批牛马死亡，也不加过问。这时，秦穆公让使者回国，使者劝谏戎王戒除酒色，戎王却丝毫不加理会。在秦人规劝下，使者归向了秦国。秦穆公以贵礼接待，和他讨论征服西戎之策略。后来，秦军出征戎，很快就包围了绵诸，并且在酒樽下活捉了绵诸王。然后，秦穆公乘胜前进，使二十多个戎狄国都归服秦国。自此，秦国辟地千里，国界西达今甘肃临洮，东到黄河，南至秦岭，北至今宁夏，周襄王派遣人送金鼓给秦穆公，以示祝贺，此事在历史上被称为秦穆公霸西戎。

鸿门假醉脱虎口。秦朝末年，政治黑暗、统治残暴。陈胜、吴广发动大泽乡起义，他们率领的农民军占领了不少城池。不久，项羽和刘邦起兵反秦。楚汉帝约定先入关中为王，结果刘邦先到咸阳。刘项之间为了权力和地盘钩心斗角，发生了历史上著名的"鸿门宴"事件。刘邦先破咸阳，项羽大怒，以40万大军准备攻击刘邦。刘邦非常惊恐，采纳张良计策，亲至项羽驻地鸿门谢罪。项羽谋臣范增多次给项羽使眼色，要他下决心杀掉刘邦，可是项羽总是默默地装作没有看见。于是，范增就找到项羽堂弟项庄说："大王心肠太软，不忍下手，现在你快进去，上前敬酒，然后请求舞剑助兴，趁机把沛公刺死，不然，我们这些人将来都会落在他手里！"

项庄以舞剑助兴为名去刺杀刘邦。项伯猜到项庄用意，起身说："咱们两人来对舞吧。"说着，也拔剑起舞跟项庄对舞，他一面舞剑，一面用自己的身子遮挡住刘邦，使项庄刺不到刘邦。这时，刘邦谋臣张良到外面找樊哙。樊哙得知"项庄舞剑，意在沛公"后，跳了起来，提剑抱盾直冲入军门，气呼呼地望着项羽，恼怒得眼角都要裂开了。项羽看见樊哙，忙问："这是什么人？"这时候，张良进来解围说："这是替沛公驾车的参乘樊哙。"项羽说："真是一位好壮士！赏他一杯酒！"樊哙接过一大碗酒，一口气喝光。项羽说："真是壮士！还能喝酒吗？"樊哙说："我死都不怕，区区一杯酒算得了什么！我有几句话奉劝大王，秦王残暴如虎狼，杀人唯恐不多，处罚人唯恐不重，因此天下人都反对他。当初怀王跟将士们约定，谁先进关，谁就封王。现在沛公进了关，可并没有做王。他封了库房，关了宫室，把军队驻在灞上，天天等将军来。像这样劳苦功高，没受到什么赏赐，将军反倒想杀害他。这是在走秦王的老路呀，我认为大王不该这样做！"项羽以为有理，而此时刘邦假装上厕所，借机逃走。等刘邦走了好一会儿，张良才去和项羽说："沛公酒量小，刚才喝醉了，所以就先回去了。"说罢奉上白璧玉斗做礼物。范增非常生气，怒斥项羽的优柔寡断。正是刘邦借醉酒脱身，才有了以后汉朝的基业。

青梅煮酒论英雄。曹操是东汉末年的军事家、政治家，自挟天子以令诸侯后，势力大增，但仍然对很多割据势力的首领心存猜忌，由此引出了一段煮酒论英雄的故事。董卓立献帝刘协，自称相国，专擅朝政。曹操刺杀董卓失败逃出京师洛阳，来到陈留后，组织起一支五千人军队，开始讨伐董卓。经过十多年经营，消灭了很多割据势力，拥兵数十万。当时刘备势孤力单，兵少将寡，在吃了几次败仗后，只得依附于曹操。

为了防备曹操的害己之心，刘备经常在后院里种菜，韬光养晦。而关羽和张飞不知刘备心思，还以为他不留心天下大事，只能学些粗浅小事，曹操很有智谋，他不断揣摩刘备的心思，以便自己早做打算。一次，曹操叫许褚、张辽等几十人，到刘备的菜园中请刘备到府上饮酒。一见面，曹操便说："你在家里做的好事！"刘备大惊，以为被曹操识破了端倪。曹操接着说："你学种菜也不容易啊！现在是梅子快成熟的时候了，我俩来痛饮几杯。"这下刘备才放下心来，于是两人对坐，开怀畅饮。二人正喝得高兴，忽见外面阴云密布，骤雨将至，天边刮起了龙卷风。曹操就从"龙"谈起，说龙能大能小，能升能隐，大的可以兴云吐雾，小的能隐藏身形，升起来飞腾在宇宙之间，隐起来潜伏在波涛之内，这好比是当世英雄。说到此，曹操有意试探刘备："你久历四方，一定知道当世英雄是谁，你能给我说说吗？"刘备见推辞不了，只好支吾着说袁术、袁绍、刘表、孙策、刘璋等，曹操认为他们都不是英雄，用手指着刘备说："天下的英雄，只有你和我！"刘备听了之后，大吃一惊，吓得连手中的筷子都掉到了地上。这时正好雷声大作，刘备就借害怕雷声来掩饰自己的窘态，并且对曹操说自己一直都怕打雷。事后刘备对关羽、张飞说："我学种菜，正要使曹操以为我胸无大志，想不到他竟指我为英雄，因此吓得掉落筷子。又恐曹操因此生疑，我只好借雷声来掩饰。"关羽和张飞都夸说他高明。而曹操从此以后也认为刘备是一个平庸的人，不再防备他了。

一杯清酒释兵权。宋太祖赵匡胤于陈桥发动兵变后称帝建国，史称北宋。当时各地藩王势力很大，即位不到半年，就有两个节度使起兵反对宋朝，虽然他亲自率兵平定了，但却耗去大量人力和物力，国家仍处于动荡之中，为此赵普献计要削夺藩镇大将的兵权。宋太祖在宫中举行酒会，邀请了石守信、王审琦等几位老将。酒过三巡，宋太祖端起一杯酒，站起来说："众将干杯！"大将们都站起来，喝干了杯中的酒。宋太祖接着说："不瞒各位，我做皇帝以来，食不甘味，夜不安寝，主要原因是有人暗怀鬼胎，总想趁机篡夺皇位。"这些人听罢，都慌忙跪在地上说："目前天下太平，国家安定，谁还敢对陛下心生歹意？"宋太祖说："你们几位，我自然很放心。但是你们的部下，要是为了贪图富贵，硬把黄袍加在你们身上，到时候你们想不干，也不行了。"听了宋太祖的话，石守信等人感到大祸临头，连连磕头，含着眼泪恳求说："请陛下念在我们跟随你多年的情分上，为我们指引一条出路。"宋太祖说："你们辞去军职，到地方上做个闲官，置田买地，饮酒欢乐去吧，也消除了我们君臣之间的猜忌。"第二天上朝的时候，前一晚参加酒会的大将都递上一份辞呈，说自己年老多病，不能胜任现职，愿意告老还乡，过闲居生活。"杯酒释兵权"！宋太祖吸取了唐朝以来藩镇跋扈、拥兵自重、尾大难掉的教训，化干戈于美酒，释军权于宫宴，用和平方式将军权集中到自己手中，从而避免了日后诸侯割据、生灵涂炭的悲剧发生。

　　云深不知酒水色，江湖悠悠谜满天。在历史长河中，与酒有关的典故轶事数不胜数，精中有精。可以说，酒文化贯穿中国历史文化始终，浸透于方方面面，了解与酒相关的有趣文化典故，有助于人们更好地理解、传承并弘扬中国博大精深的酒文化。

石门茶

从小就记得很清楚，我们家离不开茶。我的父母都是湖南石门人。我父亲的家乡在石门的西北面，属于山区，我母亲的家乡在石门的南边，属于丘陵。我父亲出生在土家族的村寨里，所以我的民族就成了土家族。石门县地处湘鄂边境，虽然我出生在山西，但故乡还是回去过很多次，当年大诗人李白流放夜郎路过此处，曾写下"壶瓶飞瀑布，洞口落桃花"的佳句。石门北有"湖南屋脊"壶瓶山，群山耸立，云缭雾绕，南有九曲澧水，洄漩湍急，奔流洞庭。全县80%的乡镇位于山区，乡亲们自古以来就爱茶种茶，优良的生态环境，悠久的产茶历史，浓厚的茶文化底蕴，使石门茶叶从古至今，一直享有盛誉。

石门古茶道，茶香飘万里。在石门县，有一条形成于明清时期、连接湘鄂、长达400多千米的古茶道。这条古茶道从3个方向与长江相连，然后通向万里茶道三大港口之一的汉口，留下许多传奇故事。清末广东商人卢次伦曾在此开办誉满海内外的泰和合茶号，开创宜红茶时代。贺龙元帅曾在古茶道边，刻下"一弓三箭"的励志图。

石门茶历史悠久，西晋（265—317 年）时代的《荆州土地记》记载："武陵七县通出茶，最好。"隶属武陵郡的石门就是优质茶叶的主产区。806—815 年，著名诗人刘禹锡就任朗州（今常德）司马，在考察石门县茶叶种植生产时，不禁诗兴大发，挥笔写下《西山兰若试茶歌》："山僧后檐茶树丛，春来映竹抽新茸……斯须炒成满室香，便酌砌下金沙水。"经考证，是为中国绿茶"炒青法"的最早历史记载。石门茶叶成名于宋代。北宋皇祐年间（1056—1063 年），著名政治家、茶学家蔡襄在其所著《茶录》中，即有"石门产牛抵茶，为贡品"之记载。由中国国际茶文化研究会推出的《中国茶人手册》中，共列举了历代贡茶 17 种，从唐至清，石门牛抵茶均在其列。《中国茶经》中表述更为详尽："牛抵茶早在宋代已被列为贡品，元明以来，每年茶季前朝廷都要派员到牛抵茶产地监督采制，然后全部运抵京城。"

父亲健在时，就曾多次跟我谈起，中国茶文化源远流长数千年来，茶已成为中国文化不可或缺的重要组成部分，茶受到大众百姓的普遍喜爱。石门有最美的茶园，出产最好喝的茶。石门茶叶持嫩性好，内含物丰富，耐泡，有地域香。"壶瓶四海饮，瓶开万河流"，光绪年间，广东茶商卢次伦在壶瓶山泥沙建"泰和合"茶号，专门加工生产"宜红茶"，鼎盛时期，年产 15 万千克，全部运销汉口英商怡和商行出口英国，成为久负盛名的"绅士茶"。卢次伦自感事业有成，乃踌躇满志，赋诗自况："云蒸霞蔚催吟筹，七碗生风兴自悠。海国流芬千古事，人生到此复何求！"一时广为传颂，"北祁红，南宜红"，闻名海内外。石门银峰、白云银毫、东山秀峰等品牌茶叶，都享有很高的知名度。

我的亲伯父读过私塾，我还清晰记得，他 1988 年第一次回大陆探亲时，在所市龙坪祖屋吊脚楼里，面对我，品着家乡茶又说茶之事：自古就说"平地有好花，高山出好茶"。咱们老家石门多山，皆为武陵山脉余支，西北山系以壶瓶山为祖，号为"湖南屋脊"；东北以太清山为集，支脉散出，布于石门、澧县之间；中部白云山孤峰矗立，耸于溇水西岸。三山终年云缭雾绕，土壤呈弱酸性，含硒丰富，空气中负离子含量高，水质纯净清澈，茶叶生态环境极佳，加上源远流长的历史文化背景，成为石门盛产名茶的三大名山。

这些父辈"茶说"，都让我获益匪浅，使我对故乡茶有了更深刻的认识。

我老家所市乡"邻居"白云乡境内白云山盛产名茶，山势孤峰矗立，山形如旗帜，常有白云笼罩。山顶有祖师殿、观音阁、文昌阁诸古迹，又有龙头岩、人面石、马鬃岭诸胜境。清同治《石门县志》载："白云山自古盛产兰、蕙、香闻数里，山下有兰溪。"传说屈原曾游历于此，吟出"沅有芷兮澧有兰，思公子兮未敢言"的千古名句。山顶千亩茶园，茶林相间，自建园以来，在肥培管理中从未使用过化学肥料、化学农药、除草剂和生长调节剂，全部施用人畜粪便或枯饼，并将生物治虫和人工捉虫相结合，确保茶叶没有丝毫污染，成为湖南省首家有机茶出口基地。

石门三圣乡河口境内的太清山特立于众山之巅，自古文人墨客多喜登临，有"湘北诗山"之誉。相传大诗人屈原所咏"我所居兮，青埂之峰；我所游兮，鸿蒙太空"，即指太清山。明人刘崇文有诗咏其峻伟雄姿："太清崔嵬凌太空，青山削出青芙蓉。石床丹灶绝尘土，彩霞紫电光溶溶。"山中名胜古迹有天生顶、天生池、老君崖、升仙洞、紫极宫等遗址，还有巡抚洞。相传澧州巡抚来太清视灾，登山中暑，龙寺观高僧为之感动，命僧众将巡抚抬至一山洞调养，并亲沏太清野茶，巡抚暑气豁然而消，山民遂将此洞命名为"巡抚洞"，太清野茶就此出名。如今，太清山拥有茶园5000余亩，所产泰仙野毫茶、泰仙云雾茶，条索紧直，白毫显露，头泡香高，二泡味醇，多次冲饮，仍余味无穷。

石门银峰选料上乘，于清明前后，按成品要求，采摘于壶瓶山国家自然保护区云雾山中茶园的春茶头轮新梢，经摊青、杀青、摊凉、揉捻、炒二青、摊凉、复揉、复烘、做形、提毫、足干等十几道工序精细加工而成，并分成特级、一级、二级三个等次。该茶条索紧直、白毫显露、滋味甘甜、香气高长，具有头泡清香，二泡味浓，三泡、四泡香气犹存的优良品质。石门银峰年产量已经非常可观。有大家品尝石门银峰后，欣然挥毫题诗："石鼎烹泉活，门庭散绮霞。银针初出蕊，峰翠育新茶。"

石门茶不仅栽植历史悠久，规模宏大，而且孕育创立了影响深远的茶禅文化。石门夹山古寺，远追唐宋，唐懿宗、宋神宗、元世祖先后下诏敕建，故有"三朝御修"之说。夹山的开山祖师是唐代高僧善会，《祖堂集》记载：唐咸通十一年（870 年），善会和尚来到石门夹山，创立夹山灵泉禅院，居之十余年，首创茶禅境味之说。

夹山和尚自号"佛日"。师父问："日在什么处？"对曰："日在夹山顶上。"师令大众地次，佛日倾茶与师。师伸手接茶次，佛日问："酽茶三两碗，意在头也。速道，速道。"师云："瓶有盂中意，篮中几个盂？"对曰："瓶有倾茶忌，篮中无一盂。"师曰："手把夜明珠，终不知天晓。"罗秀才问："请和尚破题！"师曰："龙无龙躯，不得犯于本形。"秀才云："龙无龙躯者何？"师曰："不得道者老僧。"秀才曰："不得犯于本形者何？"师云："不得道者境地。"又问："如何是夹山境地？"师答曰："猿抱子归青嶂岭，鸟衔花落碧岩泉。"

夹山和尚与师父及秀才三者之间的对白虽语带玄妙，但至少可以从中读出些许信息：夹山与师父诗化的对白是在探讨茶中之"意"。这个"意"也就是夹山和尚早已了悟的"境地"，而秀才毕竟不是禅师，听不出对白真意，只好请求"和尚破题"把话说明白一点，不要转弯抹角。最后，在秀才步步追问之下，师父才道出"夹山境地"是"猿抱子归青嶂岭，鸟衔花落碧岩泉。"

古往今来，多少人把"猿抱子归青嶂岭，鸟衔花落碧岩泉"的"夹山境地"理解为一般意义上的夹山风景,这真是大错特错。"夹山境地"的真正含义应该是夹山和尚从饮茶之中所领悟到的禅机、禅理或禅意、禅境。在这里,禅师实际上是在借景绘意,即夹山和尚因茶悟禅所达到的境界:一番清寂明净、纯洁秀美的情趣,一方自由自在的身性天地,一座无拘无束的心灵家园,一种因茶悟禅、因禅悟心、茶心禅心、心心相印的涅槃境界。

善会大师的"夹山境地"为"茶禅一味"说奠定了基础,而明确指出"茶禅一味",并从理念上发扬光大的则是两宋时期的圆悟克勤禅师。宋政和元年,圆悟辞掉成都昭觉寺教席,出三峡南游,与当时寓居荆南的丞相张商英相遇,两人讨论《华俨经》旨要,深得共识。张商英遂以师礼邀留圆悟主持夹山灵泉禅院。在夹山,圆悟对五代重显禅师雪窦的《颂古百则》十分推崇,应参学门人之请,评唱雪窦重显的《颂古百则》,门人记录汇编成《佛果圆悟禅师碧岩录》。《碧岩录》问世后,禅宗对此书评价极高,称"宗门第一书"。圆悟主持夹山20余年,潜心研习茶与禅的关系,以禅宗观念与思辨来品味茶的奥妙,终于悟出"茶禅一味"真谛,并挥毫写下"茶禅一味"四字,流传后世。

圆悟主持夹山时,禅林大盛。他有两位得意门生宗杲禅师(1089—1163)和虎丘绍隆禅师(1077—1136)。宗杲和绍隆均少时出家,师从圆悟20余年,后来,宗杲主持杭州临安府的径山寺,绍隆主持苏州虎丘寺,两人皆为临济宗杨岐派第五世重要传人。杨岐派第六世传人是昙华禅师(1103—1163),他得法于虎丘绍隆,后主持宁波天童寺。第七世传人是咸杰禅师,去世后,其弟子崇岳禅师(1132—1202)继续主持杭州灵隐寺。南宋末年,日本茶道鼻祖荣西高僧两次到中国,第一次是1168年,到杭州,在径山、灵隐、天台山等地师从咸杰禅师,历时五个月。第二次是1187年,从天台山万年寺虚庵怀敞禅师专门习承临济宗杨岐派禅法,历时两年零五个月。回国后,荣西广泛传播临济宗圆悟禅师的禅道与茶道，并将圆悟禅师的《碧岩录》及"茶禅一味"墨宝带回日本，于1191年写成《吃茶养生记》，成为日本佛教临济宗和日本茶道的开山祖师。圆悟禅师的墨宝至今仍作为镇寺之宝，珍藏于日本奈良大德寺，《碧岩录》在日本畅销不衰，石门夹山寺因此成为饮誉海内外的"茶禅祖庭"。

由此看来，石门夹山不仅孕育了中国古代特有的"茶禅文化"，而且直接影响了日本的"茶道"，夹山在中国茶文化发展史上具有里程碑式意义。中国佛教协会原会长赵朴初生前对夹山茶禅文化的挖掘弘扬极为重视与关切，曾亲笔题"茶禅一味"墨宝赠予夹山寺。中国佛学界泰斗、中国茶禅学会理事长吴立民亦曾为夹山题词："茶禅一味夹山寺，茶道源头《碧岩录》"。日本茶道界经常前来夹山寺拜谒，寻踪认祖。2003年4月，中国茶文化界专家学者云集石门，以大量史料广泛深入地论证了"石门夹山是中日茶禅文化源头"这一具有重大历史价值和现实意义的课题，并确认石门为"中国茶禅之乡"的文化地位。

石门茶，从古到今，滋养茶乡儿女，成为众多农户脱贫致富的"金叶"。

石门以茶为抓手，借助"文化作用"实现"跳跃"，跻身全国"名茶之乡、名茶大县"行列，将文化力转化成了经济力。茶区农民80%收入来自茶，茶产业已带动2万多贫困户脱贫致富。这些年来，石门县大力推动茶产业高质量发展，打造生态有机石门茶品牌，稳定石门银峰绿茶生产，挖掘古茶道等资源，推进茶旅融合，延伸茶产业链条，提高附加值。同时，加快恢复传统宜红茶生产。目前，全县有茶园18万亩，年产干茶2.2万吨，年出口茶叶8000多吨，茶叶年综合产值达18亿元。

驰名的白云山茶场利用茶文化活动助推茶产业发展，充分挖掘与茶文化有关的历史，结合土家民间茶礼文化，采茶，谈茶，以茶为媒，以茶带动，以茶促进，开展古观品茗、茶艺鉴赏、高山观湖，密林探幽、山野摘果、深壑品兰、道观听钟、林中采菌、农园拾趣、野菜寻古、农家做饭等人文活动和茶园观光、野茶归朴、手工采茶、林荫小憩、手工制茶等系列文化活动，制定文旅精品路线，吸引更多海内外游客前来观光旅游，促进茶产业和旅游业的蓬勃发展，带动经济实力在实现中国梦的新时代持续跨越提升。

茶山上，田垄间，随处可听到土家姑娘采茶时唱起的土家山歌《幺妹住在十三寨》："土家幺妹长得乖，甜甜酒窝逗人爱，一壶罐罐茶芳香醉人怀，一曲山歌调飘到云天外……"悠扬动听的茶歌，伴着茶香飘向远方。石门已连续举办了16届"请喝一碗石门茶"活动，强力推动旅游业的迅猛发展。随着夹山茶禅游、白云山茶文化游、东山峰茶山花海生态游的兴起，石门全域旅游呈现广阔前景，为茶农脱贫致富开辟了新的康庄大路。

一个茶字，由草、人、木三字构成，包蕴着"天人合一"的神韵，凸现出人与自然的依依牵挂。纵然茶的分类和品种千变万化，但石门茶依旧是海内外不同肤色茶客的心头之好，每每念及，无限情深；每每喝起，畅快淋漓。

在外的游子啊，归来请喝一碗石门茶。

远方的客人啊，留下请喝一碗石门茶。

在仙女湖喜结良缘

秋高气爽时节，我慕名来到江西新余仙女湖畔。仙女湖景区面积达198平方千米，水域面积50平方千米，湖中百余岛屿星罗棋布，汇山、水、洞、泉于一域，集秀、幽、奇、美于一体，拥有"群岛峡谷曲水、植物基因宝库、千年水下古城"三绝。放眼望去，烟波浩渺，湖湾相连；龙舟荡漾，碧草芊芊。仙女湖的山虽不雄奇险峻，却有仙女道骨般空灵柔和；仙女湖的水亦是温柔幽雅，无不与美丽的传说故事相衬托。

一个故事，一种文化的胚胎，孕育了一片纯美的风景；一位仙女，一种情爱的韵致，涵养了一方水土的浪漫。东晋文学家干宝所著《搜神记》中记述了一个"仙女下凡"的美丽传说："豫章新喻县男子，见田中有六七女，皆衣毛衣，不知是鸟，匍匐往，得其一女解毛衣，取藏之，即往就诸鸟，诸鸟各飞去，一鸟独不得去，男子取以为妇，生三女。其母后使女问父，知衣在积稻下，得之，衣而飞，去后复以迎三女，女亦得飞去。"这个美丽传说的发祥地就是今天的国家重点风景名胜区——仙女湖。

仙女湖，成了我国最早具有详细文字记载"七仙女下凡"传说的溯源地，也是"中国七夕情人节"发祥地，这段独领风骚的人文历史，已被列为江西省非物质文化遗产。晋代著名史学家习凿齿、唐代江西第一个状元的卢肇、宋代江南第一相王钦若、明朝首辅严嵩、理学家梁寅、忠良之杰黄子澄、明朝大科学家宋应星、清代爱国名将张春发、现代国画大师傅抱石、当代医学巨子美籍华人何大一……这些灿若星辰的名字，无不沐浴过仙女湖这片水域母性般的光辉。现代国画大师傅抱石的故乡水土美景，酝酿激发、孕育催生了著名国画《江山如此多娇》的宏大构思和创作灵感。

　　青山着意化鹊桥，山水有情作殿堂。那我又为什么来这里呢？是第十一届中国仙女湖爱情文化旅游节暨山水作证999对新人集体婚礼盛典，请我当媒体代表的证婚人，新人们喜结良缘，我来证婚纪实啊。一场主题为"让山水作证　为真爱祈福"的大型山水集体婚礼进行曲，即将在美丽的仙女湖畔深情奏响。仙女湖上，人们以纤纤细指，去触摸七仙女的灵魂，享受天姿国色的浸润，仙女之美，美在天然，仙女之爱，爱在自然。那正是：清波之韵、苍山之翠、花草之秀、人性之美、乡情之烈啊！

　　厚重文化，浪漫特色。这里，人文胜迹荟萃，是古老神话传说"七仙女下凡"的地方，演绎了一段千古绝唱的爱情故事。仙女湖诞生了"七仙女下凡"的美丽爱情传说，属情爱之湖，"七仙女下凡"民间故事的广泛传播，使它名扬海内外。为了更好地弘扬光大仙女文化，新余当地成立了仙女文化研究会，搜集、整理、挖掘、研究有关仙女文化的"硬核"。同时，围绕仙女文化的历史文脉，在光大天工文化、拓展佛道文化、弘扬名人文化上再做文章，使古老而弥足珍贵的仙女文化和日益丰富的仙女湖旅游文化滋润濡养着这方水土，托起一江湖水，一个鲜活而厚重的仙女湖形象树立起来。新余此次在仙女湖畔举办古典汉式婚礼，意在让永恒山水为真爱作证,在吉祥福地为新人祈福。

祈福法会,缔结真心。翌日也,天朗气清,惠风和畅,999对新人乘船来到仙女湖佛教圣地圣集寺,集体婚礼盛典之祈福法会在此隆重举行。圣集寺位于仙女湖钟山峡南岸凤凰湾仙人台处,是仙女湖佛教文化博览园中的核心寺院之一。仙女湖佛教文化博览园共有东南西北中"五台",自古此地名为"浒台",与山西的五台山南北遥相呼应,历史文化一脉相承,素有"北有五台,南有浒台"之美传。仙人台位于仙女湖景区中心位置,三面环湖,景色各异。仙人台景区山脉首尾相连,势若游龙,从东部湖区望去,恍如"狮子踏云"而来。新人们身着汉服,红黄相间,恭敬地站于庙前,由中国佛教协会副会长、山西省佛教协会会长、五台山佛教协会会长妙江法师主持新人祈福法会,为999对新人祈福,为亲人祈福,为祖国祈福。随后,三大法师焚香诵经,请新人心怀恳切,放下万缘,牵手合十,静心聆听。祈福仪式圆满完成后,新人们登上爱情岛,徜徉在天地山水间,分享着刚刚与佛结缘的感动之情。

万水千山,意深情长。婚礼盛典分为三个篇章,"风""雅""颂"。彩烟礼炮九响后,新人们遵循国韵汉风,华夏之仪,一拜天地,是以感谢天地成全,成为天造地设一对爱人。再拜父母,秉持雅道清心,天伦笃睦之心,谢养育之恩,为事为人,至诚至真。祝颂曼福,琴瑟和鸣之声中,夫妻对拜,互整衣冠。是以互敬互爱相体谅,同甘共苦互帮扶。

本届中国仙女湖爱情文化旅游节暨山水作证999对新人集体婚礼盛典的亮点还在于:

名嘴主持。婚礼全程由著名节目主持人那威担任司仪,幽默的主持风格令新人们绽放出灿烂的笑容,以及对伴侣表达真挚的爱意。

仙女下凡。来自女子跳伞队的七位队员,自空中散落片片花瓣,翩然而至。从天而降的花瓣雨为新人们增添了一份惊喜与浪漫,纷纷接住漫空飞舞玫瑰花瓣,并再次抛撒空中表示庆祝。

爱情宣言。极限夫妇张昕宇、梁红也受邀出席活动，他们走遍世界，以惊心动魄的方式完满着自己的爱情。张昕宇表示，首次参加千人婚礼，场面震撼，比起自己在南极的只有两个人的婚礼，意义非常，纵然探险世界，生死关头，相信爱情依然可以托付。这对极限夫妇的爱情宣言倡导正确的家庭观、爱情观、婚姻观、孝道观等主流价值思想，感动了在场每一位新人。

千人参与。本届活动参与者不仅有中国夫妻，还有来自国外的新婚夫妇，他们身着汉服，行中国传统婚礼，为盛典增添了一抹国际色彩。

山水婚礼，旅游营销。"国无德不兴，人无德不立。"主办方表示，就是要通过举办这样一场山水婚礼盛典，紧紧围绕打造仙女湖这个旅游核心品牌，推进文化与旅游深度融合，充分用好用足新余文化资源，打造特色文化旅游和文化观光游。同时，表明一种态度，传递一个信息：要大力弘扬中华民族的优秀文化，在回归传统的同时，改革创新，创造更加灿烂的中华新文化。

本届活动的总策划认为，爱情穿越古今，没有界限，通过爱情文化节固化旅游品牌，让身处这个城市的人们在山水中产生浓烈情感，这才是真正的旅游营销。未来新余爱情文化节要不断延伸参与团队，增加产业设计，利用山水文化塑造爱情品牌，成为全国著名山水婚庆盛典并逐步打造成爱情国际狂欢节。

"山水婚礼"以新余山水为全新婚礼载体，让名扬天下的仙女湖为新人的爱情和婚姻见证，让喜结连理的新人们热爱自然、亲近自然，倡导和引领一种节俭、环保、自然的婚典风尚。通过宣扬动人的婚恋故事、重温浪漫的爱情往事、举行古代婚礼仪式等方式汲取传统文化中关于婚恋的正确思想，让正确婚恋观深入人心，促进社会和谐稳定。"山水婚礼"弘扬中华民族传统婚俗文化、爱情文化、主流价值观、感恩正能量，势必成为行业风向标，引领国内同行将庄重婉约的婚礼和祖国秀美山河进行人文与自然的完美结合，有力推动新余文化、旅游、婚庆等现代服务产业快速健康发展。

我在提交的书面荐言中表示，以爱情为元素，发展民俗旅游，不仅可以发展新余的旅游经济，提升新余的城市品位，而且可以在民俗传统节日衰微的今天，对弘扬传统文化、提升中国人的文化自信心来一个鼎力的帮助支持。新余要把七仙女传说与城市品牌的提升、地方经济的发展和文化软实力的提高联系在一起，抓铁有痕，踏石留印，久久为功，就一定能成功，就一定能够有更丰硕的收获。

仙女湖现有生态观光、文化体验、休闲度假、婚庆度假、乡村旅游、户外运动六大休闲旅游产品系列，旅游开发如星星之火，基本上周围的每个乡镇都有自己的产品，吸引来大量游客，旅游经济收入可观。围绕"情山爱水"的仙女湖旅游主题，新余在仙女湖建设打造的情人桥、情人庙、情人锁、情人结，情人诗碑林等等，这与突出婚俗文化和婚俗娱乐特色，寄亲情、友情、爱情于仙女湖青山绿水之中，赋予仙女湖神奇魅力和不竭生命力，是相辅相成、相得益彰的。

向世界讲好"七仙女"故事，用"非遗"打造中国情人节。每座城市都有一部属于自己的传记。仙女湖就是新余的形象标识和文化名片。它以灵动之气浸润城市，以仙女之姿展示美感，以大爱大善大美书写新时代的传奇。走近仙女湖，就会感应到一种灵气与仙气，游览仙女湖，就成为一个智者与仁者。在仙女湖喜结良缘的人们，祈愿你们生活幸福美满，爱到地老天荒。

走近仙女湖，人们发出赞叹：此景只应天上有，人间难得几处觅。

一城春色半城花

金秋时节，花果飘香。金砖国家领导人第九次会晤为何选在厦门召开？一个问号引出厦门与金砖、金砖与中国、中国与世界之间层叠交错的互动交流。

素有"海上花园"旅游城市美誉的厦门，置身于金砖国家领导人第九次会晤的聚光灯下，向世界展示中国现代城市的风采，见证金砖国家合作的新篇章。为了迎接"金砖"盛会，厦门各行各业早早做足准备，抓紧扮靓厦门，力求以最高效率、最实作风、最好效果做好服务保障工作。华丽变身后的厦门让人惊叹："整个城市一下子变得更漂亮了！"人们被厦门的魅力所折服、倾倒，美丽的花园城市花团锦簇，绿草如茵，盛情欢迎八方宾客。

大道不孤，天下一家。

蓝天、碧海、青山、红花、白鹭，一座城市折射中国与世界的交融。每一座城市都有属于自己独有的性格特质，历经风霜而愈发鲜明。厦门既有开放包容的一面，"伴海而生，向海而荣"的海洋文化深度融入城市建设与发展的各个维度，亦有自信坚守的一面，对自身文化特色的坚守和对既有历史的传承，让厦门的特色个性没有被城市化大潮所淹没。这里是见证中西方文化交融的"立此存照"。

对厦门而言，中西方文化的交融，可以从两种食品的命名说起。从16世纪起，厦门成为当时中国出口茶叶的主要港口。据探究，英国社会刚开始以"Cha"称呼茶，自从由厦门出口茶叶后，即依厦门方言的语音称茶为"Tea"；18世纪末，随着华侨从南洋一带漂洋过海来的沙爹酱在历代厨师的琢磨中与大骨头汤、花生酱、碱水油面紧密结合，形成了地道的"厦门特色美食"沙茶面。从"Cha"到"Tea"的转变，从"沙嗲"到"沙茶"的演化，正是厦门文化多样性的生动具体体现。鼓浪屿犹如厦门"明珠"，一座小岛被视为"国家瑰宝"，正是因为这里记录着多元文化共生共荣的历史轨迹。闽南文化、华侨文化、西方文化在此相互交融，为这里注入了共存的多元文明特质。

花园城市，植物乐园。鲜花光束装点美丽鹭城，一城春色半城花。许多游人说，酷爱厦门岛上遍植的三角梅。每到三角梅盛开季节，遍地欲燃，绚烂如霞，大片"梅海"吸引各国游客驻足观赏拍照。原产巴西的三角梅，在厦门繁衍壮大，成为鹭岛市花。由花及史，三角梅印证了厦门与金砖国家深厚久远的渊源，成为金砖国家文化交融的一个美丽象征。为迎接盛会，厦门在景观环境、城市文明和国际化水平上进行"三个提升"，打造了一批园林绿化、夜景亮化、立面美化精品工程，改造提升9条道路市政设施和19条道路园林绿化，新增园林绿地400公顷。

金砖国家有五种颜色，设计团队在厦门岛上偶然发现一个叫五缘湾的地方，五缘在中国有着非常好的寓意，五缘引来五个国家的贵宾，而五缘湾上恰好架了五座桥，因此可以变成象征五个国家友谊的地方。用灯光为每个国家献上一座桥，点亮中国红、俄罗斯蓝、南非黄、巴西绿、印度橙的视觉盛宴。这"五光"对于各国的来宾而言，很能体现厦门和中国的热情。虽说这灯点亮时只是展现结构之美，但赋予它颜色时就是一个国家。在五缘湾这五座桥横卧水中，通过倒影形成环的感觉，能够尽情表达中国人深邃的文化。厦门的景观海岸、城里的古典建筑、迷人的筼筜湖、盛名下的"世遗之岛"鼓浪屿，都在上演着一场魅力无穷的灯光秀，为金砖会议增光添彩。

一次次相遇，牵出金砖情缘与无限商机。来自中国海关的统计数字，印证了厦门与金砖国家合作的热度。作为全球第十五大集装箱港口，厦门港连接起中国与其他金砖国家紧密的经贸往来。据厦门港口管理局、厦门港务控股集团介绍，厦门港金砖航线共计三条，通达俄罗斯符拉迪沃斯托克、南非德班和开普敦、印度蒙德拉，共完成集装箱吞吐量约 10 万标箱，同比增长超过 100%，已经达到去年全年金砖航线的运输总量。

金砖国家峰会是由巴西、俄罗斯、印度、南非和中国五个国家召开的会议。因为各个国家的首字母结合起来是"BRICS"，和英文单词"BRICK"（砖）发音类似，因而称为"金砖国家"。金砖峰会的举办，让峰会主办地厦门受到全球关注。美国有线电视新闻网滚动播出厦门宣传片，形象展示一个悠久文化和现代化共存的城市。"中国在厦门举办金砖峰会有深意"，德国全球新闻网称，对于中国来说，一个国际大型会议的举办地往往有重要象征意义。就像 G20 峰会举办地杭州是丝绸之路节点。而金砖峰会举办地厦门，在中国古代海上丝绸之路发挥了重要作用。现在，厦门港是中国四大航运中心之一，连接全球各大港口，是中国新海上丝绸之路上的重要枢纽。从经济发展趋势看，中国发展模式引起国际关注，厦门是中国首批经济特区之一，颇具代表性。近年来，深化两岸交流合作综合配套改革试验区、"一带一路"建设节点城市、自贸试验区建设等重大战略同时惠及厦门，让鹭岛拼劲更足，金砖国家领导人可以在厦门对中国发展模式获得感性体验。厦门峰会是金砖合作步入第二个十年之际，各国充满期待，相信金砖机制将更好地与时俱进、行稳致远，造福五国、惠及世界。

"丝绸盖珠光，承载砖心过海洋，传递到他乡，呼唤真心来欣赏，茉莉开异邦，绽放文明赞东方，远朋如亲近，包容信念和信仰，为寻砖心郎，乘风鼓舞又破浪，同舟共济世，共赢共享共担当……"这首由厦门市民集体创作的公益歌曲《砖心》，成为"鹭岛"人民热情迎接金砖会晤的"心曲"。厦门张开双臂，迎接盛会到来，大街小巷唱响公益歌曲《砖心》。

"金砖"盛会，凝聚厦门百姓的真心奉献。新闻中心为来自约80个国家的3000名媒体记者提供优质、专业、高效服务，及时提供相关信息，通过大屏幕提供公共信号，供各国记者汇聚、收录、传输，包括举办新闻发布会，邀请不同部委相关领导介绍厦门会晤的相关情况。厦门航空公司的"金砖梦想号"往返厦门与欧洲之间，成为一张烫金名片。由厦航发起的白鹭志愿者联盟，吸引了2000多名志愿者。志愿者赵迪说，我们代表的不仅是厦门，更是中国，要通过志愿者展示一个自信大国形象。那为什么命名"小白鹭"呢？回答是：白鹭是厦门的市鸟，起名"小白鹭"，既给人以亲近感，也寓意一路向上，一路高飞！

厦庇五洲客，门纳万顷涛，厦门与"金砖"联系密切。秉持开放、包容、合作、共赢精神，作为2017年金砖国家轮值主席国，中国一直努力推进金砖国家经贸合作，五国间的宏观经济协作得以加强。而厦门与金砖国家的经贸合作则是日益密切，越来越多的厦门企业走出去实现合作共赢。厦门与金砖其他四个国家经贸往来密切，从与金砖国家的经贸关系来看，中欧（厦门）班列连接厦门与欧洲，其中一大半路程就在俄罗斯境内。厦门作为中国重要港口城市，更是和印度、南非、巴西保持密切经贸往来。在厦门举办的厦洽会上，联合国工业发展组织和厦洽会组委会还联合主办了金砖国家投资专题论坛。此次厦门城市品牌形象、会展经济、旅游竞争力等，都将伴随金砖会议的召开而跃上一个新台阶。金砖国家未来将扮演怎样的角色？金砖国家如何规划未来蓝图、如何打造金砖合作的第二个"金色十年"？世界在厦门听到了中国声音，找到了圆满答案。

与会嘉宾对厦门美景刮目相看，金砖国家共拓旅游大市场。携程CEO作为中外旅游行业代表在工商论坛上发言，欢迎金砖国家旅行者来中国旅行，同时呼吁国人到金砖国家"彩虹之国"南非、"桑巴之国"巴西、辽阔丰饶俄罗斯、文明发祥地印度去旅行。在中国引领下，来自四大洲的五个新兴市场大国，着力推进各领域合作，形成了政治、经济、人文并驾齐驱的"三轮驱动"新格局，旅游成为经贸合作的最新增长点，在世界旅游市场举足轻重，相互成为重要客源国和目的地。近年来，金砖国家的410万游客已经在五国交叉旅行，中国前往其他金砖国家的游客数量翻了一番，占到金砖国家间往来游客数的43%。金砖国家还积极利用金砖峰会、互办"旅游年"等多双边机制，务实深化旅游合作，搭建了一系列多双边交流平台。尤其是金砖国家旅游部长会议的召开更是开启金砖五国旅游领域机制化交流合作新模式，标志着金砖国家旅游交流合作迈上新台阶。

当鼓浪屿摘取了"世界文化遗产"的桂冠，文明交融的历史基因将在这里得到更好的保存与流传。旅游交流合作已经成为金砖国家交往的重要内容，金砖五国分布在亚洲、欧洲、美洲、非洲四大洲，都有延续不断的文明、多元的文化及丰富的旅游资源。旅游交往能够显著促进五国之间文化交流和人员往来，促进开展文明间对话，深化全方位人文交往。金砖国家同为人口大国，随着经济持续发展与彼此深度开放，巨大的旅游市场潜力会很快发挥出来，为彼此之间的旅游发展创造新的机遇。

一场盛会，凝聚民众的全心奉献。一城如花半倚石，万点青山拥海来，当金砖与厦门相遇，更多的中国故事和金砖故事，值得中国和世界期待。

正是："云舟破浪翻新页，鸥鸟飞身引故人。一片霞光铺两岸，千帆竞发接新晨。"

沂蒙那个山上哎，好风光

临沂素以山水沂蒙著称，泰沂山脉和蒙山为骨架构成沂蒙山区，北部峰峦叠嶂，有蒙山、沂山、文峰山及72崮等众多风景名胜。沂蒙山的"崮"，宛如世外桃源、恍若精灵居所，不被世人所认知，而看到"崮"奇崛的形态，一个个如花朵般宛如仙子映入眼帘时，除了赞叹和惊奇，还有更多的激动。到秋、冬季节，"崮"还会带给人类一种大漠荒凉之美。南部为临郯苍冲积平原，一派田园风光。

临沂的旅游特色呈现为以蒙山为代表的自然风光游，以东夷文化为代表的人文历史游，以革命根据地为代表的红色游。真正是：所见所闻，耳目一新；所旅所游，乐哉优哉。

著名的《沂蒙山小调》是一首经典的山东民歌，属于小调，诞生于临沂沂蒙山望海楼脚下的费县薛庄镇上白石屋村。1953年秋，军区政治部文工团的李广宗、王印泉、李锐云重新修改记谱，将原来歌词中的抗日主题，改为歌颂家乡的主题，后面又续加两段歌词，定名为《沂蒙山小调》，从此沂蒙山小调正式版本诞生。《沂蒙山小调》与《茉莉花》被联合国教科文组织评定为中国优秀民歌，蜚声海内外；"沂蒙好风光"也逐步渗入到人们的心灵中，成为沂蒙大地的主题形象。

《沂蒙山小调》唱道："人人那个都说哎沂蒙山好，沂蒙那个山上哎好风光。青山那个绿水哎，多好看，风吹那个草低哎，见牛羊。高粱那个红来哎，豆花香，万担那个谷子哎，堆满场。咱们的共产党哎，领导好，沂蒙山的人民哎，喜洋洋。"走进沂蒙山区，这首沂蒙山小调在山头田间回荡，百姓已经把小调传唱了六十多年，许多人认识沂蒙山，就是从听了这首沂蒙山小调开始的。沂蒙山民歌与沂蒙山的历史和文化一样，悠远而古老。其中融汇了沂蒙人家、沂蒙历史、沂蒙风俗、沂蒙物产、沂蒙声音、沂蒙精神和沂蒙味道。

在沂蒙山，老百姓个个都能唱上几句民歌，姑娘们聚在一起，最快乐的事就是唱上几首歌，歌词既有祖辈上传下来的，也有现编现唱的。沂蒙山里的歌，真实记录了百姓的劳动和生活。《沂蒙山小调》歌曲由许多歌手演唱，其中最流行的山东几位歌唱家演唱的版本中，山东女歌唱家王音旋的版本最为著名。

沂蒙那个山上哎，好风光，青山那个绿水哎，多好看，风吹那个草低哎，见牛羊……这是好客山东临沂旅游最能抓住游人的地方。

临沂市构建全域旅游发展新模式，牢牢把握创新、协调、绿色、开放、共享五大发展理念，主动顺应"大众旅游时代"发展趋势，坚持以全域旅游为"纲"，以创建国家全域旅游示范区为抓手，大力实施"旅游兴市"战略，在全市推广"五个一样"：实现乡村环境面貌与城市环境面貌一样整洁，旅游景区外的景观与旅游景区内的景观一样美丽，晚上的旅游项目与白天的旅游项目一样精彩，市民对待游客的态度与旅游从业人员对待游客的态度一样热情，来临沂旅游与回家一样亲切。"六个以旅游为中心"：以旅游为中心建设城市，以旅游为中心装扮乡村，以旅游为中心发展产业，以旅游为中心训练思维，以旅游为中心创造文化，以旅游为中心展现未来。这些做法，着力构建全域共建、共融、共享的旅游业发展新模式，推动旅游产业转型升级、提质增效，旅游业已成为该市的支柱产业。

临沂市建立市长任总召集人、38个市直部门主要负责人为成员的旅游工作联席会议，明确职责分工，根据需要开会，研究解决旅游业改革发展中的重大问题，进一步强化旅游部门综合协调职能，为加快发展旅游业、推动旅游产业与其他产业深度融合，提供了有力保障。各县区建立主要领导任总召集人的旅游工作联席会议，沂水、蒙阴建立了"1+3"旅游综合执法模式，沂南县在成立旅游警察、工商旅游分局、旅游巡回法庭的同时，创新成立旅游物价巡查大队、旅游食药监巡查大队、文明旅游办公室。莒南县从宣传、财政、发改、交通、住建、国土、规划、农业、文广新等部门抽调一名分管负责人兼任旅游部门副主任，共同推动资源整合、产业融合，推动现代旅游治理体系不断走向完善。

临沂市将整个市域作为旅游目的地进行布局，突出中心城区"一个核心"，发展环中心城区休闲、环蒙山观光养生"两个休闲圈"，加快开发沂河、沭河和鲁南高铁"三个风光带"，重点提升沂蒙红色旅游、岱崮地貌旅游、休闲农业旅游、温泉养生旅游和奇石文化体验"五大功能区"，形成龙头带动、城乡一体、差异发展、协同联动的全境升温中部突破南部崛起的新格局。沂水县推进旅游从"黑马"到"凤凰"嬗变，萤火虫·大峡谷旅游区达到申报创建5A级旅游景区景观质量要求；沂南县以旅游业为龙头推进产业融合，成为首批国家级旅游业改革创新先行区；蒙阴县加快构建"一个核心、一个产品、五条精品线路"空间布局，岱崮地貌旅游区荣获全国军工文化园称号；平邑县将现代旅游作为"山清水秀幸福和谐"城乡建设的引擎，建设具有国际竞争力的沂蒙国际旅游城；费县构建"一城两带五廊三板块"发展格局，探索出文旅寿养融合发展模式；莒南县提升改造天马岛、八路军115师司令部旧址、卧佛三大核心景区，做强旅游综合体，打造精品旅游带。还有兰陵、临沭、郯城等县都加大旅游开发力度，迎来旅游业发展的春天。

欢迎有追求、有实力、有情怀的企业前来投资旅游业，打造特色旅游产品，通过建设项目带动产业发展。近年来，临沂市加大旅游招商引资力度，实施了引进一批、重组一批、转型一批旅游大企业发展战略，蒙山旅游、龙冈旅游、亲情沂蒙旅游集团等相继组建并迅速发展，龙冈旅游进入全国投资百强行列。同时，加大旅游招商引资力度，成功引进鲁商、万达、瑞尔、山东通用航空等著名企业，成为带动临沂旅游产业发展的骨干力量。

临沂市立足加快推动旅游发展，由旅游部门、旅游企业单打独斗向党政统筹、部门共同推动旅游发展转变。由封闭的旅游自循环向开放的"旅游+"融合发展转变。重点做好"旅游+沂蒙精神"文章，打好"红色沂蒙"旅游牌；做好"旅游+山水生态"文章，打好"绿色沂蒙"乡村旅游牌；做好"旅游+历史文化"文章，打好"文韬武略"沂蒙文化修学旅游牌；做好"旅游+商贸物流"文章，打好"商城购物"商务休闲旅游牌；做好"旅游+三农"文章，打好沂蒙乡村旅游扶贫牌；做好"旅游+新型城镇化"文章，打好沂蒙风情小镇旅游牌。在旅游发展模式上，从粗放低效旅游向精细高效旅游转变。促进乡村旅游规模化发展，推广乡村旅游经营和管理"六统一"模式，制定沂蒙乡村旅游目的地示范区标准，评定一批沂蒙乡村旅游目的地示范区。制定乡村旅游创客基地标准，打造全国乡村旅游创客基地示范区。

围绕"吃住行游购娱"旅游要素，全链条提升服务水平，让游客放心、舒心、开心。临沂机场开通国内航线近30条、国际航线2条。临枣高速、环城快速路、北疏港公路、沂沭铁路、蒙山高架路等建成通车。临沂市还在全国率先提出在省道、通往景区道路等非高速公路上，规划建设一批集加油站、旅游咨询、餐饮、购物及景区展示功能等六位一体的全域旅游服务区，并增加高速公路服务区旅游功能，得到旅游主管部门首肯。正在建设的市、县、乡三级全域旅游集散中心服务体系和旅游咨询服务体系开通在即。

天地有大美而不言。临沂市积极拓展"智慧旅游"，建设旅游大数据中心，为游客提供"旅游资讯一览无余、旅游交易一键敲定"的"零距离"服务。引进一批品牌连锁酒店、文化主题酒店，发展一批沂蒙客栈、乡村民宿，推出一批名吃、名品、名宴，大大提升了综合接待能力。建立起相关部门各负其责的旅游市场综合监管机制，实行旅游投诉咨询首问负责制，定期开展旅游联合执法，规范市场秩序，坚持"游客为本、服务至诚"，进一步营造出"人人是旅游形象、处处是旅游环境"的良好氛围。

《沂蒙山小调》已成为发展经济、开拓进取的强大动力，激励着老区人民不忘初心，不断创造新的辉煌。

在南丰见识曾巩和傩舞

收获的九月，走进红土地江西抚州南丰采风。

下车伊始，亮开镜头，相由心生，境由心转。这里山清水秀，人杰地灵，是唐宋八大家之一曾巩故里。恰逢曾巩诞辰千年之际，百姓以各种形式纪念这位"曾子文章众无有，水之江汉星之斗"（王安石语）的北宋中期文豪。曾巩，字子固，世称"南丰先生"，北宋著名文学家、诗文革新运动倡导者，主张"文以明道"，传世著作有《元丰类稿》《隆平集》等，其文风古雅本正，温厚典雅，章法严谨，长于说理，对后学产生极大影响。

曾巩谓临川才子的佼佼者，江右文宗的领军人物，声名之巨如雷贯耳。曾巩文正，以文章位列唐宋古文八大家，赤子之心，为人正直，名士风采，后世景仰。以至于千年之后，他仅百字手书的《局事帖》，竟拍出了二点零七亿元的天价。他的成就虽不及韩、柳、欧、苏，但亦影响深远，《宋史》本传曰："曾巩立言于欧阳修、王安石间，纡徐而不烦，简奥而不晦，卓然自成一家，可谓难矣。"

南丰围绕唱响"五个千年文化"品牌，在曾巩文化研究与挖掘方面取得丰富成果。他们成立了江西省历史学会曾巩文化研究专业委员会，修缮了曾巩古墓、曾巩古祠、秋雨名家等文物古迹，出版发行了"曾巩文化丛书"，从曾巩的生平事迹、年谱、散文、诗歌、家族、仕历等方面，全方位展示了曾巩的整体形象，将曾巩文化、曾巩文脉和曾巩精神融入社会生活。将曾巩文化元素与生态旅游有机融合，投资两亿元着力打造了曾巩文化园、曾巩纪念馆等一批曾巩文化传承载体，其中，曾巩广场、曾氏大宗祠、曾氏名人雕塑园、秋雨名家、民俗文化村等一批文化活动场所成了网红打卡地，受到游客的青睐。

曾巩文学成就突出，与欧阳修等人一起为故国诗文革新运动做出杰出贡献。其文"古雅、平正、冲和"，是中国传统文化的一个符号人物，也是江西文化名人的杰出代表。曾巩的诗文，对家乡有大量的描写和歌颂，他的诗文中多次提及家乡南源、石仙岩等地，此次我都一一虔诚瞻仰。曾巩还创办了抚州第一家书院——兴鲁书院，并亲自定学规、执教席，推动抚州学风，培育优秀人才。在南丰古城内徜徉，仍随处可见曾氏家族的印迹，纪念曾巩的"文定巷"穿插其间。城内还坐落着曾氏祠堂，这栋位于南丰古城上水关以北约三十米处的祠堂，大门向东，建筑坐北朝南，前院两进天井三进厅堂，占地五百多平方米。门楣牌匾上的"秋雨名家"字样，无声地诉说着这栋建筑过往的荣耀与辉煌。

曾巩文化园是为纪念先贤而投资建设的南丰县地标性文化设施，坐落于南丰县环城南路水南村，以古园林风格彰显，集自然景观与人文景观于一体，园内包括曾氏大宗祠、曾氏名人雕塑园、五十一进士堂、荣亲园、曾公庙、曾氏文化长廊、秋雨名家楼、醒心亭、民俗文化村等景点。是一个纪念先贤、参观博览、祭祖寻根、旅游休闲，进行爱国爱乡教育的文化活动场所。

矗立园内的曾巩纪念馆是江西十大历史文化名人纪念馆之一，布局大气、雕琢精巧，尽显古朴儒雅之风。一方水池相传为曾巩幼时读书清洗笔砚之地，壁上"墨池"二字为南宋朱熹所题。庆历八年曾巩所作名篇《墨池记》就来自此处灵感。一代才俊手扶书卷，曾巩雕像气定神闲，供游人络绎不绝瞻仰朝拜。

走过打磨铮亮的石板小径，斑驳的窗棂仿佛依然能映出宋时文豪光彩。曾巩生前与身后，都不曾以诗见称，但他一生作诗不少，有些诗中还抒发了不见于文的思想和情感。"斗食尺衣皆北输""胡骑日肥妖气粗"，这是对北宋朝廷刮民髓赍盗粮苟安政策的生动概括与嘲讽。剥夺百姓衣食，养肥入侵军马，这是十分令人痛心的事！曾巩循循儒者，于此也不能不慨乎言之。还有《追租》一诗："今岁九夏旱，赤日万里灼""饥羸乞分寸，斯须死笞缚""忍令疮痍内，每肆诛求虐"，描述天旱民饥，而官方不恤，曾巩在此为民请命，流露出真切怜悯"忧天下之忧"的文人情感。

来到南丰的次日上午，我们来到一处风景秀丽的地方，拱形石柱门上镌刻着"国礼园"三个隶书大字，放眼望去，后面是连片不绝的橘园。天下贡橘在南丰。"苏世独立，横而不流。"蜜橘钟情这片山河土地，奉献了味蕾上妙不可言的甘美绵甜。金灿灿的吉祥果实有着顽强的生命力，世代相望，生生不息。春去秋来，橘都百姓把橘树种遍南丰田园山间、绿野平原，直到新中国成立后，这小小金橘被当作礼物馈赠给外国朋友，"中国蜜橘之乡"驰名中外。

正是在此地，"国礼园"门前广场，我见识了遗落在南丰民间的信仰密码、神秘古老的千载非遗——南丰傩舞。在中国传统文化中，傩是历史悠久的一种具有宗教性和艺术性的社会文化现象。南丰傩舞有"中国古代民间舞蹈活化石"之称。因其表演形式只有肢体动作，又被称为"哑傩"，伴奏也是最原始的鼓和锣。"戴上面具是神，摘下面具是人。"南丰傩舞老艺人告诉我，南丰傩舞很接地气，百村有，千人跳，有成百上千的面具，许多村庄都有整套傩仪，傩舞跳起来动作夸张、神秘古朴、粗犷浑厚。

见识南丰傩舞，不得不提一位古稀老人曾志巩，这位南丰傩舞的守望者。他走访村庄200多个，考察180多个傩班，完成发表傩舞论文著述100万字以上，是一位身体力行诠释南丰古傩舞的文化守望者。每到一地，曾志巩就与傩舞艺人、农民促膝交谈，了解每一个傩舞节目、傩面具的来历，边交谈、边记录、边拍照，终于详细掌握了全县傩舞分布、傩班傩艺人数量及傩面具种类等，并记录下上百个傩舞神话和故事。他还以中国傩文化学者身份参加了在韩国举办的"韩中日无形文化遗产保护学术讨论会"，并在会上做《中国南丰傩文化的传承与保护》演讲，对研究、宣传、传播中国南丰傩文化起到积极作用。

老艺人还说，宋代是南丰傩的发展时期，宋室乐艺伎和流散艺人带来京都的文化艺术，使南丰傩戏趋于成熟。明清两代，南丰傩进一步完善。清后期，受戏曲影响，"乡傩"进一步娱乐化，编演了许多新的傩舞节目。新中国成立时，南丰已有傩班上百个，散布于各个乡镇之间。现今，南丰有傩班一百零八个，傩舞艺人一千五百余人，位居江西全省之首，不仅保留有古老的傩祭仪式和江西现存最早的上甘村明代傩神庙，还留存了一百二十多个傩舞节目和一百二十多种、两千多枚傩面具。傩面具非遗文化传承人张宜祥介绍，这种技艺传男不传女。雕刻傩面具需要选材、构思成型、雕刻、打磨、上漆五道工序，立体雕刻过程中最难把握的是刻出面具形象的神韵及喜怒哀乐等情绪。在雕刻选材方面，也非常讲究，必须用秋天的香樟木，而不能用春天的。传承人张宜祥年近七十岁，从事傩面具雕刻四十多年，先后带出二十多个徒弟却没收过一分钱学费。

热情的南丰人特地安排了一场傩舞表演，淳朴的村民燃起鞭炮、挂上横幅，敲锣打鼓欢迎远方来的客人。傩舞开场后，首先出场的是开天辟地的第一个神"开山"，傩神瞪着两个拳头大的眼睛和尖利的门牙。随后，"魁星""武财神"等傩神陆续登场，大显身手，博得阵阵掌声。傩班表演穿插了封神榜、西游记等传说中的人物和故事。看着孙悟空、哪吒等人物"戴傩"登场，不少观众忍不住跑上台去，纷纷戴上傩面具和村民们一起跳起来，真真切切感受一把傩舞之魅力。

一场精彩的傩舞表演让我大饱眼福。仪式舞是"驱傩"时跳的舞蹈，舞者奔腾跳跃，舞姿激烈诡黠，气氛神秘威严。娱乐舞节目众多，内容来自神话传说、民间故事、古典小说和世俗生活。由于流传年代和师承关系不同，表演风格各异，既有以写意为主、动作舒展、舞姿优雅、古傩韵味犹存的"文傩"流派，也有以写实为主、动作强烈、节奏鲜明、融合武术技巧的"武傩"流派。班队多以自然村落为单位，艺人均为终日在田野里劳作、两手沾满泥巴的农民。这些舞者鼓点踩得很准，虽然动作空灵怪异，但一看就知道是悠久古老文化的弘扬传承。祈祷农业丰收是傩祭仪式的另一个重要目的。南丰傩神西川灌口二郎，原由农神兼水神的李冰父子衍化而来。而傩神庙中又都塑有土地神像，特别是上甘村傩庙的土地神比真人还要高大威武，衣袍腹前画有"白兔衔桃枝"图案。兔能多产，桃可避邪，这种象征符号表达了乡民对谷物丰收和人丁繁衍的衷心祈祷。

今日得见，喜是庆幸。卜辞中有"寇"字，是在室内以殳（古兵器）击鬼之形。甲骨文中有关"舞"字的记载中有"魌"字，是一人头戴假面具的形象，说明商代以前就有戴面具驱鬼逐疫的傩祭舞蹈，之后《论语》《吕氏春秋》《周礼》都有记载。《后汉书·礼仪志》中有关傩仪的记叙较详细。汉代张衡的《东京赋》中描写了傩仪傩舞的情形。自汉至唐，傩舞都为驱疫鬼的一种祭祀性舞蹈。宋代后，傩舞增加了娱人成分，并逐渐向戏剧化方向发展。傩的生命张扬，主要体现在傩祭仪式中借助神灵的威力，驱除自然灾害如旱、涝、火、虫等和人体灾害如瘟疫疾病等。

娱乐舞则有近百个传统节目，风格迥异，内容丰富，抓人眼球，扣人心弦。

进入新时代，南丰傩舞得以迅速发展，傩仪也得到充分保护，为弘扬民族文化，南丰傩舞青春蓬勃再焕发。《傩公傩婆》《刘海戏蟾》《小尼姑下山》《金刚》《财神》《魁星点斗》等传统剧目精彩诠释"中国古代舞蹈活化石"的丰富内涵，南丰被国家命名为"傩舞之乡"当之无愧。经过数千年的白云苍狗风雨变迁，此地此傩延续着未可完全起底破解的神秘，虽经现代社会浸染，依然朴拙如故，承载着南丰老百姓的朴素心愿、美好追求，不时登上散布于南丰田间地头的傩舞戏台，更加鲜活妍媚地跳荡起来。

文化因传承而厚重，因交流而多彩。见识曾巩和傩舞，南丰价值连城的一"文"一"舞"，对于我来说，是一道穿越千年的文化盛宴，是一次美轮美奂的文化享受，更是在畅饮中华文化自信的脉脉源泉活水。

梅影清音成绝唱

天堂里贵妃醉酒，仙境里霸王别姬。

2016 年 4 月 25 日，惊闻噩耗，梅葆玖先生永离热爱他的观众而去，我被这个残酷的消息击懵了，这让我完全无法接受！这怎么可能？这怎么可能呢？想到五个多月前的 2015 年 11 月 2 日下午，为了文化部"文化名人口述历史"之事，在北京丽晶酒店我对梅葆玖先生作了专访，他的音容笑貌又浮现在我的面前！那时，他的身体多硬朗，他的思维多清晰，他的动作多利落，他的话语多亲切！当我恭请著名京剧表演艺术家梅葆玖先生为继往开来的中国梨园和岁月如歌的历史抒怀留言时，他欣然应允挥笔签字，并连夸这件事"干得好，干得好"！哪里能想到，此次采访，梅影清音，竟成了他"文化名人口述历史"的千古绝唱！

"我这个梅派就是没派"

笔者：梅兰芳大师在一百年前那个历史转折中异军突起，不单在唱腔、身段、舞蹈等技艺因素上有很好继承，更重要的是把中国传统文化重新注入京剧这一形式中。您十八岁开始与父亲同台演出，这个时候，新中国已成立两年，京剧走进了一个新的时代。梅派的经典剧目有《天女散花》《洛神》《贵妃醉酒》，等等。请您谈谈关于梅派艺术的起源、特色和传承？

梅葆玖：我父亲梅兰芳先生说过："我这个梅派，就是没派。"梅兰芳艺术之美，就是一种"规范式美"、一种"范本美"，而非一种艺术所具有的特征美。梅派的最大特点就是"没有特点"，讲究的是规范，而不是突出某一方面，真正做到"大象无形""真水无香"和"中和之美"。父亲如同一个高超的雕刻师，一个剧目就是一尊艺术品，经他精雕细刻，臻于完美。他的前提是不破坏传统艺术而去努力修正它、完善它。所谓"没有"，实际更难，因为它需要内化于心，演员没有功力万万不行。

如果演员演得像白开水，谁还爱看？连我父亲本人，也是从简到繁，从繁又到简。排《太真外传》时，那是繁盛到极致；后来像《穆桂英挂帅》里所谓的"简"，跟前面的"简"又不一样了，它有厚度了。我感到，往后不管怎么发展，都得让学生们知道历史，知道京剧文化，知道老一辈是怎么唱出来的。

京剧，观众听就是听流派，不能什么派都没有，行话叫"归派"。你要是唱梅派像张派，唱张派像程派，唱程派像荀派，那就麻烦了。唱京剧不能离开流派这个根，离开根，一听什么都不像了，下次观众就不来了。在北京，你演新戏要立得住，还是需要老戏基础。是为"有本之木，有源之水"。中国戏曲讲究的就是"戏以人传"，还得是靠人来传。学流派也不见得越像越好。言慧珠言姐姐为了学我父亲，拿了本子坐在前排，一个身段一个表情，一字不漏全部记下来。其实我父亲并不主张这样。尤其在舞台上，他自己常常也是一步两步走得都不一样，这你怎么学呀？所以他对言姐姐说："你这样学的不是梅派。"

京剧是有规则的自由动作。所谓规则，就是你的程式，一旦融化以后，随便你怎么做，只要是戏里剧情，符合人物情绪，怎么做都可以。完全不必上台必须走到哪一步，哪里必须转身……那就不是学艺术了，那是学梅兰芳了。那些被封为创始人的艺术家们，其实没有一个人标榜过自己是什么派，都是别人封的。所谓流派，就是经过无数人的效仿，得到了大家的承认。流派流派，不流无派。流派其实是一种艺术风格，各自都有自己的艺术特色。就像《玉堂春》，梅尚程荀演出的剧本完全一样，也都是跪在那儿唱，但是在艺术处理上，包括唱腔的处理上，却是各有千秋，自显风格。

我八十多岁了，现在重点是传帮带，我常对学生们这样交心："《贵妃醉酒》也好，《霸王别姬》也罢，一定要会演全本。娱乐是娱乐，艺术是艺术。电视培养的是明星，不是艺术家。艺术家要甘于寂寞，要有扎实的基本功，不能浑水摸鱼，也不能昙花一现，靠个什么'奖'混日子，那是绝对不行的！"

"学京剧必须从娃娃抓起"

笔者：年至耄耋，戏以人传。您培养了李胜素、董圆圆、张晶、张馨月、田慧、谭娜、尚伟等众多梅派后学弟子，为京剧的繁荣发展做出重大贡献。您近年来在全国政协参会时多次提交"关于重视京剧艺术传承保护弘扬发展"和"学京剧必须从娃娃抓起"等提案，引起政府和有关方面的高度重视与大力支持。您的提案是真正在为中国京剧的明天鼓与呼。那么，京剧的危机到底有没有？京剧的生存空间到底有多大？扩大观众群重现京剧辉煌还有没有可能？

梅葆玖：传承弘扬京剧艺术，说到底，必须从娃娃抓起。让孩子打小喜欢京剧，这是很重要的一步。不时有老观众对我说，想当年，都是爷爷奶奶带着听京剧的，听来听去就上瘾了，长大以后就成京剧迷了！京剧艺术是咱民族的奇葩，无论海内外，在民众中深具感染力。近年来，经济火了，京剧表演却在国内有遇冷迹象，但在国外演出仍大受欢迎。外国朋友都非常喜欢京剧，认为这是中国的传统文化、几千年的文化精粹。作为国粹的京剧是中国文化沉淀之所在，现在在国内却逐渐失去对青年一代的吸引力，令人忧思。

"外热内冷"，这是一个不该有的京剧现象。我在"两会"上也大声呼吁过。从2008年起，教育部在京、津、沪等十省市展开试点工作，把京剧纳入九年义务教育阶段的音乐课程里面，增加了有关京剧教学内容。现在，有很多学校开设了娃娃唱京剧的幼儿班，从孩提时代培养的兴趣最容易持久，长大后这种对京剧的喜爱就是由内心涌出。京剧作为一种代表中华民族的艺术，只有吸引广大青少年的热情关注与认真学习，才是京剧之所归。我要说，让中小学学生学京剧真正是明智之举啊！学校开设京剧课程对青少年了解中国传统文化、弘扬国粹、振兴京剧，是把住了"命脉"。

娃娃学京剧，学的内容一定要选准选好，很多好的京剧传统唱段应该被收纳。比如说《穆桂英挂帅》，这是我父亲1959年为新中国成立十周年献礼的戏，是根据豫剧改编的。这个戏充分表现了穆桂英抵御外族侵略、保家卫国的精神。再比如，《将相和》是老生花脸戏，说明了我们要团结和睦才能治理好国家。这些唱段的剧情对孩子们都是有着深远教育意义的。对青少年普及优秀民族文化戏曲，正当其时。悠久历史、古老文化、厚重典故，从明辨是非善恶到知晓人情事理再到弘扬民族传统美德等，在京剧中都有精彩刻画，生动体现。潜移默化到传统美德教育，对父母要孝敬，对于朋友要真诚，对事理要有爱心等，真善美这三个字一定要戏里戏外都做到，表里如一。

"走向世界舞台展示中国京剧魅力"

笔者：您父亲梅兰芳在中国家喻户晓，在国际上也是最具知名度的中国戏剧大师。以他的名字命名的戏剧表演体系被誉为世界上公认的斯坦尼表演体系和布莱希特表演体系之外的第三大表演体系。2014 年 8 月，您受邀在纽约联合国总部讲述梅兰芳京剧表演艺术，介绍父亲对京剧艺术所做出的重大贡献，博得中外听众的热烈欢迎！您对当今中国京剧走向世界是如何评价的？京剧的传播与表演在海外有无障碍？京剧国粹的旗帜应该怎样在世界舞台上飘扬？

梅葆玖：京剧与外国戏剧最大的不同之处在于其"写意"而非"写实"的戏剧观。京剧最重要的特征是"程式化"。创造者和继承者的不断完善，使京剧形成了一整套的规范，这一程式打破了时间和空间的限制，京剧老前辈两百多年的努力来之不易。由我父亲梅兰芳和其他前辈们共同努力，才有了今天的京剧鼎立于世界！魅力独具的京剧艺术，不仅在国内，在世界各国都受欢迎。八十多年前，父亲的世界巡演不仅成功地将中国的京剧带出国门，也使京剧艺术跻身于世界戏剧之林焕发出夺目光彩。我父亲 1929 年到日本，1936 年到美国，之后又到苏联和欧洲多国，那个时代去演戏，国外的专家、理论家，还有日本一些歌舞剧的专家，都感到并认可京剧是中国唯一的文化传统代表。

向世界舞台推广京剧这一民族精粹，让京剧艺术发扬光大，我们义不容辞，责无旁贷。2014 年是我父亲梅兰芳先生 120 周年诞辰。为了纪念这个特殊的日子，由我们北京京剧院打造的"梅派经典剧目展演"沿着父亲当年世界巡演的路线，到日本、美国、俄罗斯等地演出，获得很大成功！有 70% 都是外国人看，外国观众都聚精会神地观赏演出，非常欢迎，非常喜欢！外国观众喜欢原汁原味的京剧表演，对京剧也非常懂，看完演出后赞扬梅派京剧艺术是最传统、最标准的。我要特别指出，有些艺术形式打着京剧的名义舞棍耍枪，这就不太好了。京剧就应该是传统的、规规矩矩的、大大方方的，这就是中国的传统文化，这就是京剧的艺术。

特别要提到在俄罗斯的演出，让我印象深刻，感受到一种文化传承的联系。虽然离父亲访俄已有八十年之久，其间又经历了苏联解体的动荡，但当地剧场的秩序、鼓掌的层次，让我感到这和八十年前我父亲的那场具有学术性价值的演出有一种一脉相承的紧密联系。为国外京剧爱好者演出，我们所有演出的节目都受到赞扬。但实话实说，这么多年过去，外国观众对梅派艺术的认知程度到底如何我心里也没底，特别是我们又选择了百老汇作为在美演出地。百老汇作为世界舞台艺术的一个标志，几场演出后外国朋友的好评又为我们开启了再度访美的可能性。只要我身体允许，我就会继续带团走向世界舞台弘扬梅派艺术。

如今，人们的审美情趣、欣赏水平都在发生变化，但我们这么大的国家不能只靠流行文化，更需要一些表现文化实力、有文化品位、有文化底蕴的东西。例如，一些高科技的舞美手段和音响手段完全可以为我所用。我们的目的是为了完善，而不是破坏和削弱我国传统戏剧的特征。《大唐贵妃》是用西洋歌剧的形式来包装传统大戏，唱腔、念白、扮相还是京剧的，只是比原来漂亮。京剧说到底还得姓京，不能姓洋。其实很多梅派戏都可以用新的舞台手段来呈现展示，令很多人都有微词的 LED 我并不反对，用现代手段烘托京剧本身我完全能够接受。这种完善应该是与时俱进的，这就是梅兰芳精神。京剧在不断地走向世界，我们要努力将京剧再次提高到文化外交的高度来认识和实践，要让世界人民都知道咱们的传统艺术是有脉有源有根的，是代表中国民族文化的，所以才尊称为"国粹""国剧"。我们一定要学习传统、弘扬传统、敬畏传统，让中国京剧艺术在世界舞台上拥有更多的观众，享有更高的荣誉。

采访梅葆玖先生是一次具有抢救性意义的访谈，从开始接受这个任务，我就不断告诫自己，要尽可能多问、多听、多记。本来我事先已拟写了六十个问题，并得到了梅先生的充分认可。谁知，我刚采访整理了其中的三个问题，就传来梅先生仙逝的消息。我知道，梅葆玖先生的离去，不只是我这次采访的遗憾，更是中国戏曲的重大损失和永久遗憾。好在，梅派艺术不会消失，因为它毕竟已经深深地融入我们民族的文化骨髓和历史记忆里。

梨花开，春带雨；梨花落，春入泥……

这是一次未完成的采访。

期待接下来还有一场场接力的继往开来的采访。

又见平遥

走在最繁华的南大街上，与许多"老平遥"用"老西儿"话聊天，更增进了一份亲切感。

许多"老平遥"不无感慨："看美景、赏民俗、吃年饭，这才是平遥古城应有的魅力！""平遥中国年"，以大力弘扬传统文化为己任。平遥人为近年来平遥年俗文化新风尚点赞："文化，让平遥古城年味儿更浓了！"新年伊始，平遥获授全国"中华春节符号推广基地"称号。观凤楼下，洋溢着浓浓的年味儿。看美景赏民俗，日子红火奔小康。当地文旅部门把老传统与新创意结合起来，让百姓和游客参与其中，看好戏、听好书、过好年，既普及年俗文化，又全身心感受红红火火的中国年味。

你看，"开放的平遥欢迎您"！整座古城里，"文明润平遥、新春乐平遥、翰墨书平遥、彩灯靓平遥、社火闹平遥、民俗喜平遥、网络联平遥、戏曲唱平遥、清风贺平遥"等系列活动在热热闹闹地展开，力求为海内外游客奉献一道具有浓浓中国年味的文化大餐。

平遥这地方叫年三十为年除，意思就是农历一年最后一天。上午贴春联，挂宝纸、挂灯笼。平遥的春联不是大门贴一副对联加横批那么简单，还要有窗贴，就是窗户上也要"说"吉祥话，门框上边都要贴上横批，如厨房贴"美味四季"，房间门对面贴"抬头见喜"，大门对面贴"出门见喜"，有车的车上也要贴对联和横批，有猪圈的也要贴横批，水缸等放东西的上边也要贴"满"字，门上要贴"福"字，总之到处都有春节喜庆气氛。中午吃面条和水饺，意思是"钱串套元宝，一年更比一年好"，盼来年好运，年年有余，并且留下少许的生面条，待到年后再吃，叫"隔年饭"，下午，设祖先遗影、神主牌位等于堂屋。除夕晚上，合家欢聚一堂，彻夜不眠，叫"熬大年"。

山西是中华文明的重要发祥地之一，是中原汉民族与北方少数民族碰撞交融的文化区域，独特的地理文化生态孕育了山西内涵丰富、形式多样、传承有序的春节年俗，呈现出多元、包容、开放、融合的地域特征，体现了最醇厚、最地道、最多彩的年俗文化特色。始建于周宣王时期的悠久历史，明清时期金融帝都的显赫地位，世代相传的崇文重德习俗，使得平遥全面而又完整地继承了北方汉民族数千年积淀的传统节日文化习俗。平遥是中国境内保存最完整的一座明清时期的中国古代县城原形，是这一时期汉民族中原地区县城建筑体系的典型代表和汉民族历史文化的宏大载体。平遥还曾经是近代中国金融中心、银行业创始地、晋商文化发祥地。联合国教科文组织世界遗产委员会的评语指出："平遥古城是中国汉民族城市在明清时期的杰出范例，平遥古城保存了其所有特征，而且在中国历史的发展中为人们展示了一幅非同寻常的政治、文化、社会、宗教及经济发展的完整画卷。"

为了更好地向游客展示北方汉民族中国年传统节日文化，平遥每年春节都在古城举办集展览、游乐、表演、体验于一体的"平遥中国年"活动。春节期间，为表现晋商文化旅游中心的独特魅力，从腊月二十三至正月十六期间，"平遥中国年"以"情暖古城，善行天下"为主题，向中外游客展示原汁原味北方汉民族传统的年俗文化，包括"欢歌迎春、春联送春、剪纸绣春、戏曲唱春、民俗喜春、文化惠春、彩灯亮春、爱心暖春"八项"春"之内容，给力推出集观赏、体验、休闲于一体的特色活动。此外，还面向大众征集幸福照片，进行年俗文化招贴画创意设计比赛，通过微信提交，进行网络投票与专家评选相结合的方式选出获奖作品。

经过这些年历练打造，"平遥中国年"已成为我国春节主题休闲旅游强势品牌。它规模大、主题明、创意新、氛围浓，内容异彩纷呈，游客住客栈、逛古城、赏灯会，参与过年系列活动，体验多姿多彩，在中华传统文化的强大魅力下汲取营养，这儿成为全国最有年味的地方之一。古城内的各民俗客栈在除夕推出写春联、剪窗花；贴春联、贴窗花、贴门神、挂宝纸；县太爷致欢迎词并发放"通关文牒"；零点品尝饺子，赠送客人礼品；由礼宾员掌灯送客人回房等丰富多彩的活动，众多游客着实在平遥体验到浓浓的年俗文化。游客在平遥古城不仅可以住客栈、贴窗花、吃年饭、点旺火，还可以欣赏旱船、高跷、抬阁、龙灯、竹马、节节高、晋剧、地秧歌等特色民俗表演。

真君府内，生动形象的剪纸作品在这里集中展出，主题涵盖传统美德、低碳生活等。游览的一家人悉心欣赏特色剪纸作品，表示："这次来平遥过年，才领略到中国年俗文化的丰富博广。"在一家推光漆器公司展厅内，一件件精美漆器引来游客阵阵惊叹。前店后厂是平遥商铺在明清时期就已形成的格局，如今亦然。穿过展厅，就是作坊，工匠们正在一丝不苟地加工生产，货真价实，童叟无欺。一位"海归"学者说："小时候过年，穿新衣、吃好饭、放花炮是最美好的享受。后来，穿衣吃饭不再成问题，过年也慢慢变味道了。今后，过文明年、文化年一定会成为社会的新时尚。"

平遥古城蕴含了汉民族建筑文化、吏制文化、宗教文化、票号文化、民俗文化、饮食文化、民间艺术文化等。近年来，平遥县对古城蕴含的这些文化内涵进行了抢救、传承和发展。平遥古城的门票收入实行收支两条线，全部上交政府用于古城保护。此外，平遥县一直在提倡公职人员每人每月捐赠1元钱用于古民居保护，提高居民爱护文化遗产的意识。为全力推进古城5A级景区建设，平遥县投资近2亿元建成高标准停车场，投资2000万元建设游客中心，投资1600万元新建或改造20多处厕所，投资3000万元实施旅游通道的美化、亮化，旅游硬件环境有了大改善，服务能力明显提升。

平遥还先后推出大戏堂"晋商乡音"演出项目和"晋商神韵"常态化系列文化活动；围绕古城独有的文化特色，打造了"平遥国际摄影大展"和"平遥中国年"两大文化品牌；与"印象"团队合作，投资4.7亿元打造了《又见平遥》大型室内情境体验剧。《又见平遥》首演以来，从运营开始，便重视网络的宣传效应，推广方向注重口碑的传播与诱导分享。该剧有两个文化核心点：一是具有当地特色的剧场设计，剧场根据山西本土的土与瓦情况，把明清时期平遥城的街道完美复制出来；二是以做文化的传承者与传播者为使命，传承汉民族传统文化。五大文化元素分别是血脉文化、晋商文化、民俗文化、面食文化、大门文化。该剧打破了传统模式，在一个半小时的演出过程中观众是走着看的，剧场没有观众席也没有舞台，观众和演员是零距离互动，这本身就是这部剧最大的创新点，其次就是灵魂"穿越"与"沉浸"，具有丰富的传统文化内容和文化焦点热点。该剧拉动经济增长的效益可以说做到了"立竿见影"。此外，引入社会资金，启动了总投资1.23亿元的平遥推光漆器文化产业创意园建设，推动国家非物质文化遗产推光漆器传统技艺的传承光大。

平遥古城在旅游飞速发展的背后，也存在着人口流失、过度商业化等问题。如古城人口结构不合理，空心化趋势显现。申遗成功时，平遥古城内 2.25 平方千米的土地上生活着 4.5 万居民。但从那时起，平遥启动了古城内机关、企事业单位搬迁，至今古城内人口下降到 2 万多。这虽然缓解了古城保护的压力，但使古城传统的四世同堂、三世同堂家庭逐渐消失。再就是商业化气息浓郁破坏古城特有的韵味。如今，平遥古城内云路民俗风情街已经变为酒吧一条街，樱花屋酒吧、非洲手鼓、唱吧、足疗店日益增多，让游客抱怨"似曾相识在丽江"。

为此把脉的专家们认为，地方政府应在保护、民生、发展间综合考量，让世界珍贵文化遗产得以受到最完美的保护。"让生活绽放在院落中"是古城保护规划的目标，这既是对传统民居保护的要求，也是对传统民居现代化、舒适化的回应。针对平遥这类"活着的古城"，古城保护与民生改善必须二者兼顾，唯有如此，才能既避免古城的人为破坏，又保证古城活力和文化的真正传承。

又见平遥，我在古城感受体验到浓浓的晋年俗文化。

当下，平遥古城已经成为山西省甚至是中国对外旅游宣传的一张亮丽名片，大批国外游客慕名而来。平遥古城经济转型，从单纯旅游门票向旅游延伸产业过渡，实现旅游一条龙服务，努力通过增加古城本身的内涵来树立在游客心中的良好品牌形象。春节黄金周期间，平遥古城游客如织，"年"仿佛总是没有过完，慕名而来的游客只见增多，不见减少。平遥中国年人气爆棚，古城散发出时尚活力。游客们点赞道：好一个"小康平遥、大美古城的国际旅游城市"。

把平遥当书来念，是我精神的历史博览。

在平遥流连忘返，是我旅行的身体阅读。

依偎在蓝色海滨的一村又一村

犹记得，唐代诗人皎然在《送清励上人游福建》中吟道："禅子自矜禅性成，将来拟照建溪清。南看闽树花不落，更取何缘了妄情。"

福建提出"再上新台阶，建设新福建"的中心任务之一，就是"深入实施生态省战略，努力建设美丽福建"。全省正以建设国家生态文明试验区为契机，突出体制机制创新，继续保持生态环境质量全国领先，努力把生态优势转化为发展优势。同时，加快旅游供给侧改革，推进全域旅游发展，进一步打响"清新福建"品牌，加快把旅游业培育成为福建的三大新兴主导产业，主动作为、敢于担当、干在实处，不断推动旅游工作迈上新台阶。

"清新福建"成为一张亮丽名片。福建具有优良的生态环境，近年来，生态省建设取得长足进步，水土流失治理的"长汀模式"成为我国南方水土流失治理的典范。福建省取消了 34 个被列为限制开发区的县市 GDP 考核，实现农业优先和生态保护优先的绩效考核评价方式。全省已将 2/5 的县和 197 处区域划入限制开发区和禁止开发区，近 1/3 的陆域面积规划为省级生态功能区，全省 12 条主要河流水质保持为优，全省 9 个设区市空气质量均达到或超过国家环境空气质量二级标准，全省森林覆盖面积达到 65.95%，连续 37 年居全国首位，长达 3700 千米海岸线的自然岸线保有率近 40%。这些山海资源既是福建的优势，也是未来发展潜力所在。目前，全省共有 1/3 市县（区）开展了全域生态旅游试点，全域生态旅游省建设正在全省范围扎实推进。

在福建，以蓝色滨海美丽乡村闻名遐迩的有平潭北港村、莆田后黄村、永春大羽村、惠安大岞村、晋江围头村、东山澳角村、东山湖尾村、同安军营村等。

东山县澳角村历史悠久，建村始于明朝中后期。该村另一特点是，地处东海与南海分界处，南北两个月牙形海湾，呈"X"形美丽景象，龙、虎、狮、象四个岛屿点缀其间，素有"海上花园"美誉。澳角村大力发展美丽乡村游，历史遗存的妈祖庙、圣王庙、国姓井等文物和古榕树、古建筑均得到完整保护。村里注重挖掘渔家文化，"渔家诗社"、根雕摄影班、歌谣传习班、渔韵舞蹈队等长年开展活动，既有效保护和传承了乡土文化，又形成了旅游观光精品一条线。该村还建起妈祖文化公园，挖掘整合当地生态资源与人文资源，让本土文化得以弘扬传承。

站在村头放眼望去，村居建筑与海景融为一体，道路四通八达。一幢幢漂亮的小别墅挺立，市场、学校、幼儿园、老人活动中心等配套设施齐全，小轿车、中巴、高档摩托车不时擦肩而过。"男人下海能捕鱼，上岸能写诗；女人在家能织网，上台能歌舞"，成为该村文化建设的一道风景。入住渔家民宿，可亲自下厨，也可出海钓鱼捕捞，体验渔民生活，夜宿的游客则是"凭栏观海景，倚枕听涛声"了。

莆田市后黄村为"荔城区第一华侨村"，素有"南洋风情，梦里老家"的美誉，世界羽毛球史上"天皇巨星"三连冠得主林水镜的祖籍就在这里。村内的百年华侨民居众多，其风格受南洋建筑、外来宗教等多元化影响，既洋溢着浓浓莆仙风味，又充满南洋特色，还被称为"离市区很近，离喧嚣很远"，历经百年沉淀，独守一份质朴与安宁，完整保留着都市人对老家的乡愁记忆。

后黄村从"新农村""幸福家园"的发展建设中脱胎蜕变，围绕"莆阳后黄、桃源村庄"的发展目标，按照"不拆不建、修旧如旧、改新像旧、新建仍旧"的建设思路积极推进，取得显著成效。该村依托农民专业合作社，促进农业转型；依托古民居发展特色，促进农民转型；依托申报乡村旅游示范点，促进农村转型。如今，该村的知秋湖、乡愁广场、相思园、黄氏宗祠、莆阳民俗文化馆、百年碉楼、桃源社、四目井、老客栈、榕树码头等，都很受游人喜爱。同时，村里大力推广田园观光采摘农业、华侨民居游、传统手工亲子体验、特色民宿和生态美食等深度旅游体验项目，打造出一个充满南洋风情的旅游休闲胜地。

大羽村位于永春县五里街镇西北部，山清水秀，空气清新。大羽村小，却是名闻四海的永春白鹤拳的故乡，武术文化底蕴深厚。永春白鹤拳于明末清初由方七娘所创。乾隆嘉庆年间，在闽东一带演化成宗鹤、鸣鹤、飞鹤、食鹤、宿鹤五种分支流派，同时传入日本演变成空手道刚柔流，在广东演化成咏春拳。如今，100多个国家和地区都有白鹤拳传人。改革开放以来，各地永春白鹤拳社团及传人纷纷前来此寻根谒祖。为进一步弘扬和传承永春白鹤拳武术文化，大羽村兴建了中国永春白鹤拳史馆，该馆曾经组团参加第六届香港国际武术节，获得一金三银四铜的佳绩，继而掀起新一轮武术文化交流热潮。

在此大背景下，从十多年前开始，大羽村美丽乡村建设扎实开展。该村专门聘请省社科院制定新农村建设五年规划和特色文化发展规划，依"规"而干，依"划"而建。向着一个目标：建设富有乡村文化特色的生态园林式新农村。提出两个思路：建设品牌村和精品村。写好三篇文章：保芦柑品牌扩种植面积、提升名优特产质量、经营好白鹤拳史馆打响传统文化牌。立足四个高点：高起点完善新农村建设规划，高标准打造强村富民工程，高规格建设生态家园，高效率完成新农村建设项目。做好五项工作：切实做好全村硬化、绿化、净化、亮化、美化工作。现在，展示在人们面前的大羽村，更加风采迷人了。

崇武大岞村，是闻名遐迩的惠安女聚居地，保留着原汁原味的惠安女民俗风情，大岞很美，受到游客特别青睐，大岞很早就获评"福建省最美乡村""泉州市十佳魅力乡村"称号。村书记介绍，最本真的惠安女民俗风情是大岞的特色和优势。我们的责任，就是立足新常态、书写大文章，引领乡土民风，推进精神文明建设，让惠安女风情民俗村大岞更加魅力四射。

为了这份执着，村委会下了大功夫。名声在外的"惠安女艺术创作基地"，成了向海内外推介惠安女风情文化的窗口。中外摄影家每次集体采风活动，村里都会派员全程参与，提供的天然摄影棚，面朝大海，四季常开。被誉为"惠安女形象代言人"的曾梅霞，从经营"惠女客栈"起步到建起"惠安女民俗创作基地"，再到后来经营"惠女风情园"，如今，这里已成为各路媒体与摄影、美术家聚集点，成为中外旅客旅游休闲的重要"打卡"目的地。

过去，有人曾归纳惠安女装束是"封建头、民主肚、节约衣、浪费裤"，风趣地勾勒出惠安女的形象，这是一种独特的美感。其实，惠安女民俗风情，不仅仅是保留了那一身"花头巾、蓝上衣、宽裤筒、银裤链"行头与老民俗，更有发掘出的精神滋养在里面。如大岞哨所女民兵，这支全国唯一着惠安女服饰护卫海防的民兵队伍，体现的就是敢于担当、勇于奉献的惠安女精神。人们都点赞说，大岞村惠安女魅力常在啊！

如今，这个可容纳 1500 多艘渔船的渔港，在台风季节会迎来众多渔船归航避风，让大岞村更拥有了一种家的温馨感，宾至如归感。

让生产、生活、生态在城乡相生相融，有福之省福建，正以山水为巨型彩笔，绘就一幅新时代壮美的生态画卷。

再到天涯海角来

全域旅游，潮起海之南。时代是出卷人，游客是阅卷人，海南以实干为笔，以创新为墨，在全域旅游的先行先试中，书写出了披荆斩棘、砥砺奋进的华丽篇章，讲述着改革开放的"海南旅游故事"。

博鳌亚洲论坛永久会址向游客开放。迷人秀丽的海南亚热带风光吸引中外游客潮水般拥来。万泉河畔的红色旅游基地称为新的热点。欢乐吉祥的火烈鸟不远万里来海南安家。海南省被确定为首个全域旅游创建省之后，下决心种好国家级试验田，点、线、面布局全域旅游，实施"美丽海南百千工程"，尽快基本建成全域旅游示范省，并以此推动国际旅游岛建设提质升级。

海南创建全域旅游示范省的工作目标是，全省实现全域景观化、景区内外环境一体化、市场秩序规范化、旅游服务精细化。构建起富有海南特色的旅游产品体系。海南省首批打造 100 个特色产业小镇，1000 个美丽乡村，使美丽村镇成为宜居宜游的景点，遍布全省。来到海南的游客去临高吃海鲜，到儋州品东坡文化，再去昌江看木棉花；或者海口逛完骑楼下文昌，看一场卫星发射，再去琼海田园赏美景，或是到万宁冲冲浪……越来越多样、越来越丰富的"攻略"和"宝典"，展现出海南省全域旅游的无限魅力。

海南省推动全域旅游建设，要实现"日月同辉满天星，全省处处是美景"，首先是跳出传统旅游谋划现代旅游、跳出小旅游谋划大旅游。在推进全域旅游的过程中，"点"就是抓好小镇、村庄及景点的打造；"线"就是注重旅游道路建设，在打通点与点连接线的同时，将道路沿线建成景观带；"面"就是在点线结合的基础上，把一镇、一县（市）乃至全省作为一个大景区来打造，全域之内处处皆风景。

琼海中原镇藤萝雨树相映，成为夏日的一道美妙风景。早在多年前，琼海在不砍树、不占田、不拆房，就地城镇化的"三不一就"新型城镇化建设中，博鳌、潭门等一批特色小镇迅速崛起，"接地气"的乡村旅游崭露头角。琼海大胆提出打造"琼海全域5A级景区"的目标，以此推进"田园城市，幸福琼海"建设。现在，把琼海看成一个大景区一点都不为过，简单阐释就是不设围墙、没有边界、不收门票，全域是景区，镇镇是景观，村村是景点，人人是导游，它的直观标准就是城在园中，村在景中，人在画中。一幅全域旅游的画卷就这样在琼海徐徐展开，大路、阳江、龙江、长坡、会山、石壁、彬村山等结合了自然和人文禀赋的风情小镇，与博鳌、潭门、中原等明星小镇比肩而立；北仍村、加脑村、鱼良村等乡村游成片开花。在琼海随便走走都是在旅游，每个人都能在这里找到自己的所亲所喜所欢所爱。

西岛，在三亚湾西部的海面上，与繁华市区遥遥相望。多少年来，一道围墙，把这座面积2.8平方千米的岛屿隔出两个"世界"——墙那边，是人头攒动的西岛景区；墙这边，是愈发落寞的古老渔村。那一天，围墙没了，一百多年的老房子改造而成的文创馆成为西岛文化的展示窗口，有着斑驳印记的珊瑚石院墙也成为游客们拍照的绝佳背景。渔村蝶变，让村民真正感受到"全域旅游"的魅力。距离潭门港数百米的石碗村海边，民宿"无所归止"和大海只隔着一湾窄窄的沙滩，游客可以在海边的船屋中品茗轻唱，远眺大海美景。民宿老板符名林可称得上是镇上"第一个吃螃蟹"的人。近年来，当地政府投入大量资金对潭门镇进行旅游化改造，推动这个传统渔业小镇向南海风情小镇发展。从小就跟随父亲远赴南海与风浪相拼搏的符名林和许多渔民一起，加入了转型发展的行列。他的民宿运营半年多来，收入超过预期。他期待借助民宿这个平台，向多元化的休闲旅游行业进军。全域旅游创建是推进海南国际旅游岛战略实施的实现路径，是海南省全面贯彻五大发展理念、进行供给侧结构性改革的有效载体，是推进海南旅游转型升级、破解旅游发展难题的战略方向。以精品旅游城市、旅游综合体、特色旅游小镇、美丽乡村、特色街区为"点"，以旅游公路、旅游绿道为"线"，以基础设施、公共服务为"面"，极大拓宽了海南旅游发展空间。

在各地全域旅游建设中，乡村游成为一大亮点，但乡村咖啡、果园采摘等产品却出现同质化趋势。竞争力是旅游产品的生命力，必须人无我有，人有我优，实现优质优创。旅游产品要体现出差异性，在充分发挥自身优势的基础上，尽可能地分析市场需求和客源喜好，从"我生产什么，你就享受什么"到"你需要什么，我就提供什么"的转变，才是根本的转变，才是实现真正意义上的与市场紧密结合。只有这样，在不断挖掘、打造旅游新产品的同时与其他产业相融合，才能形成品牌产品系列，塑造出特色产业，形成旅游产业链，让更多老百姓参与其中并从中获益，全域旅游的内生动力由此而源源不竭，生生不灭。

海南省为推动全域旅游示范省创建，主动适应经济发展新常态，进一步提升旅游产业发展质量与水平，做了大量扎实有效的工作，取得良好成果。围绕上述发展目标，海南省重点抓好以下工作的落实：推进全域旅游示范省创建；优化旅游供给侧结构；实施"旅游＋"计划，促进产业融合发展；提高海南旅游国际化水平，加大市场开发力度；推进旅游小镇和美丽乡村建设；依法规范旅游市场秩序，营造文明旅游和安全旅游氛围；加强旅游教育培训，促进旅游人才队伍建设；完善旅游规划法规体系，健全旅游新闻及督办机制，完善旅游政策法规及旅游服务标准，建设旅游新闻发布机制，建立健全旅游工作督察督办和通报机制。应该说，全域旅游不仅是全域化的旅游，更是全产业链的旅游。海南以"旅游＋"为引领，加快旅游和农业、文化体育产业、医疗健康产业等融合发展，着力打造包括乡村旅游、文体旅游、康养旅游在内的十大旅游产品体系。

海南省一直在大力实施推进"旅游＋金融"计划，大力推动"旅游＋金融"融合，专门设立了工商银行"融 e 购"海南旅游商城，该商城的交易额在工商银行政府合作板块上名列前茅；与中国银行海南分行联手，在招商引资、品牌推广、海外促销、会展产业、电商平台以及信用卡主题促销六大领域开展全方位战略合作；与海南银行携手，推出"南海旅游乐享卡"，推动"一卡特惠、畅游海南"；签约招商银行海口分行、兴业银行海口分行、中信银行海口分行，为省旅游企业提供更加便利的融资渠道。海口市旅游文化投资控股集团、亚龙湾热带天堂森林公园、海南海之缘国际旅行社、海南热带野生动植物园等企业，都获得了金融业鼎力支持。海南省还大力推动设立海南旅游产业投资基金，支持优质旅游企业登陆资本市场，鼓励金融机构推出具有旅游特色的金融服务和产品，解决小微旅游企业融资慢、融资难的问题。所有这些，对探索金融支持旅游、推动旅游产业转型升级具有重要意义。

自海南国际旅游岛建设上升为国家战略以来，特色风情小镇成为国际旅游岛、新型城镇化建设的重要抓手和载体。我再登岛时，海南全省吸引社会资金近 100 亿元进行特色风情小镇建设和改造，初步建成 30 个宜居、宜业、宜游的特色风情小镇。海南生态优越，民族文化独特，随着旅游业快速发展和客流量日益增加，遍布全岛的小城镇成为分流承载客流量的重要载体。海口、白沙、琼中、万宁、澄迈等市县制定了特色风情小镇建设计划，大力实施，初见成效。在这30个风情小镇中，各小镇都依托本地资源，结合产业发展，风格多样，特色突出。

如民俗风情展示型的七坊镇，借助旅游产业和黎族苗族文化资源，对全镇建筑进行立体改造，同时打造出一条古镇步行街，以基础设施完善创造良好投资环境，引来社会投资带动本地商贸业、旅游业发展。又如产业带动型的文昌会文镇，以佛珠产业发展带来旺盛的人气，政府和社会投资相结合继续完善编制规划和基础设施建设，逐步建成了一个集观光、购物、旅游于一体的佛珠风情小镇。

全球首条环岛高铁已在海南开通。文昌市借助环铁的开通加快城市建设与发展，"航天游"旅游目的地呼之欲出。高铁速度牵引着文昌如今的发展速度，环岛高铁的开通更加凸显出文昌区位优势、进一步带动这座千年古邑的崛起。环铁的开通使文昌交通体系更加完备，从高铁到"两桥一路"、城乡村一级公路的全覆盖，公路铁路互补异同，大大方便了游客出行，增强了文昌对外界的吸引力。文昌是我国在沿海建设的唯一卫星发射基地所在地，环岛高铁形成的环线交通大大促进文昌进一步形成新兴"航天游"旅游目的地。文昌通过便利交通将"航天游"这一世界级旅游产品的影响力辐射到海内外，同时平衡旅游资源均等化，带动周边旅游产业发展并支持海南旅游第三级崛起，凸显出文昌作为一个老牌旅游城市的责任和担当。眼下，借助建设国际旅游岛和环岛高铁全线开通的有利契机，文昌正对全市旅游产业进行更高的品质定位、更高的起点规划、更高的标准建设和更高的质量服务，它们的目标是：精心打造享誉世界的"航天游"旅游名城。

以"全域海南，幸福家园——海南热带乡村休闲游"为主题，海南乡村旅游文化节暨海南（定安）端午美食文化节的华丽升级和成功举办，带动大批游客前往更多市县体验乡村旅游。该活动共推出年度特色乡村游主题路线，吸引不同肤色的人们前来尽享当地风情。诸如琼海万泉河漂流探秘、文昌八门湾红树林国家湿地公园有氧骑行、临高品尝土窑海鲜、定安久温塘火山冷泉清暑纳爽、包蜜园乡村旅游点采摘应季水果等极具海南乡村特色风情的体验，都在主题乡村游中一一呈现。为了方便游客，主办方特意将本次活动所涵盖的吃住行游购娱，以图文并茂的形式全面推介，为游客提供贴心服务，因此受到热捧。

从环岛高速公路到环岛高铁，从国际机场到国际邮轮母港，从客栈民宿到五星级酒店，海南的基础设施和公共服务日益完善。从传统滨海旅游到邮轮游艇旅游，从免税购物游到低空飞行游，从高尔夫游到房车露营游，海南的旅游产品越来越丰富多元。赏千亩稻田花海、看田野狂欢大型实景演出、品原生态"稻田盛宴"，三亚水稻国家公园成为三亚一个新的旅游热点。当300位演员以天为幕、以山为景、以稻田为舞台，演绎春夏秋冬，讲述乡村梦想，不少游客惊呼"震撼"之余，不禁感叹：在三亚也能感受到如此原生态、质朴的田园气息！这是海南"农旅融合"的一个缩影。海南越来越受到游客青睐。

海南的绿水青山，正在变成老百姓的金山银山。如今海南，远不止椰风海韵，碧浪白沙。随着人们生活水平的提高和对美好生活的追求，海南不断优化旅游供给，提升产品品质，以满足中外游客日益增长的需求。城镇风情雅韵，村庄故园新景，百姓自得其乐，海南全域旅游画卷春意正浓……再到天涯海角来，海南所创建的全域旅游新美景，让游人眼前更靓丽，欢乐更开怀。

伫立白洋淀眺望雄安

雄安新区是中国第 19 个国家级新区，它的设立对于集中疏解北京非首都功能，探索人口经济密集地区优化开发新模式，调整优化京津冀城市布局和空间结构，培育创新驱动发展新引擎，具有重大现实意义和深远历史意义。按照规划，雄安新区规划建设以特定区域为起步区先行开发，起步区面积约 100 平方千米，中期发展区面积约 200 平方千米，远期控制区面积约 2000 平方千米。未来的雄安新区，将是一个国际一流的绿色智慧新城，是一个生态环境优美、水城共融的生态城市：吸纳高端高新产业入驻，集聚创新要素资源，培育新动能。提供优质公共服务，建设优质公共设施；构建快捷高效交通网，打造绿色交通体系；更好发挥政府作用，激发市场活力；全方位对外开放，打造对外开放的新高地和对外合作的新平台。

雄安新区一问世，便带火旅游业。受雄安新区设立拉动，清明节、"五一"、端午节、"十一"等期间，前往雄安新区的游人爆满，周边游和自驾游更是异常红火。雄安新区位于京津冀核心腹地，由保定市所辖雄县、容城、安新三县组成，旅游资源丰富。其中最为著名的就是被誉为"华北明珠"的白洋淀。许多旅游业大咖信心满满地认为，雄安新区成为京津冀等周边城市重要旅游目的地后，将吸引全国各地大批游客慕名来游。

"白洋淀"就是雄安的肺，我对此话印象深刻。白洋淀又称西淀，总面积有 366 平方千米，是华北平原最大的淡水湖泊，水域面积相当于 56 个西湖。关于白洋淀的由来，有一个传说：中秋之夜，天上的嫦娥偷吃了仙药，昏混中飘然离开月宫，就在她马上落入凡间的时候，猛然惊醒，随身的宝镜跌落下来，摔成了大大小小的 143 块，变成了大小不等的 143 个淀泊。其中白洋淀的面积最大，因此而命名。为什么叫淀而不叫湖？一般说来，水深超过十米称为湖，水深三米以内称为沼泽。白洋淀的正常水位在七米左右，介于二者之间，所以称为"淀"。而且，白洋淀是水和芦苇共生的，兼有荷花，生态植物多而水并不大，所以也算不上湖。

"烟雨微茫入袂凉，平湖轻碾贝珠光。飞飞社燕撩新水，嬝嬝秋荷斗晚装。"这是明代学者李元治泛舟白洋淀写下的咏诗。白洋淀历史悠久，这里诞生了众多治世能臣、文人墨客、艺人工匠。这里也是革命老区，抗日战争时期，活跃在白洋淀的水上游击队——雁翎队，巧用有利地形，驾小舟出入芦苇荡中，谱写了一曲曲抗日救国的壮歌。根据这个水上游击队的灵感，作家徐光耀创作了《小兵张嘎》，让白洋淀插翅扬名，天下皆知。

"雄安"成为一个新崛起的"旅游目的地"，不少业内人士指出，"雄安旅游"是新区的第一张名片，生态游、红色游、文化游是目前的三大旅游主题。从白洋淀景区、白洋淀温泉城、王家寨水乡民俗村，再到荷花大观园、异国风情园、元妃荷园等景点，都是生态游的好去处。白洋淀曾是抗日重要战场，红色旅游根正苗红，容县"革命烈士纪念馆"，安新县孙犁纪念馆、"嘎子印象"等都值得瞻仰。雄安三县历史悠久，保存大量古迹遗址，容城磁山文化遗址、宋八王衣冠冢、杨六郎晾马台遗址、明月禅寺，雄县宋辽古地道、古石碑、隆兴寺碑，安新县梁庄遗址、留村遗址等，价值不菲。三县不可移动文物：雄县 22 处，安新县 40 处，容城县 38 处，总计 100 处。其中全国重点文物保护单位有雄县宋辽边关地道遗址和容城县南阳遗址 2 处，省级文物保护单位 8 处，市、县级文物保护单位 78 处。旅游"品"的是文化，这里的文化底蕴非常丰厚。

我与专家学者一起曾先后前往安新县白洋淀的淀之梦郊野公园、荷花大观园、赵庄子民俗村、雄县宋辽边关地道等地，考察全域旅游、红色旅游、乡村旅游、旅游扶贫和旅游环境整治等工作。专家们表示，将全力支持雄安新区按照"世界眼光、国际标准、中国特色、高点定位"要求，高起点、高标准、高水平推进新区规划建设，全力支持雄安新区建设成为绿色生态宜居新城区、创新驱动引领区、协调发展示范区、开放发展先行区，全力支持雄安新区将全域旅游理念、旅游功能融入新区规划建设设计之中，坚持生态优先、绿色发展，保护弘扬中华优秀传统文化、延续历史文脉，营造优美生态环境，全面提升新区乃至河北全域的旅游层级和品质。

夏日的白洋淀，天蓝水清，红荷翠苇，鸟鸣鱼跃，游船如梭。在乘船码头，游客络绎不绝；在售票大厅，人们排起长队；在登船口，游人有序登船，交织出一幅红火画面。安新县为提升白洋淀旅游品质，着重在"规范、整顿、提高"6 字上下功夫，实现由游客数量向旅游质量的转变，走内涵式、高质量发展之路，全力打造雄安新区旅游创新发展示范区。为给游客提供一个安全祥和的旅游环境，安新县加强旅游执法，对旅游管理人员涉嫌私拉游客的实行一次查实下岗，严厉打击坑客、宰客行为；在游客较多、安全情况复杂的部位、路段和地段，设置治安岗亭和交通标志牌，派驻民警执勤；在码头设立大型 LCD 液晶天气预报提示屏，实行恶劣天气告知制度。安新县还完成了旅游路、码头等所有的路灯、霓虹灯、彩灯的整体维修工作，对码头、景区所有栏杆重新刷漆、清洗，实现道路、码头、景区亮化美化。此外，还对景区服务人员进行专门培训，邀请专业人员对涉旅餐厅、宾馆、酒店、乡村酒店的服务人员就提高服务质量和服务态度进行培训。如今，在雄安新区规划建设的大背景下，白洋淀正以其优美的景色和贴心的服务赢得更多游客的青睐。

雄安新区围绕最大湖泊白洋淀而生，可谓区位优势明显、交通便捷通畅、生态环境优良。白洋淀是冀中平原大洼淀，连接于任丘、安新、高阳、雄县、容城之间。由白洋淀、藻苲淀、马棚淀、腰葫芦淀等大小不等淀泊组成，乃中国北方著名旅游景点。旅游产业目前也是安新县最重要的支柱产业。白洋淀目前景区开发分为六大块——鸳鸯岛民俗文化景区、荷花观赏景区、生态游乐景区、休闲娱乐景区、码头观光景区、民俗村观光景区。每个景区各具特色，集吃、住、行、游、购、娱于一体，基本上能很好满足游客一站式出行。白洋淀还拥有康熙水围行宫、大型游泳场、水上体育乐园、野生动物观赏区和民俗风情村，供游人参观。雄安新区最大旅游产业"基石"非白洋淀莫属。目前乘雄安新区建设东风，旅游发展力度加大。未来旅游业发展会围绕白洋淀湿地去梳理和建设，新区还势必加大发展旅游产业开发的力度，走大型生态旅游开发的路子。

雄安新区是一片开发强度低、人口密度低、历史包袱小的土地，不仅有利于构建新的城市发展模式，而且也有利于开展全域旅游实践。雄安新区是朝着"生态明珠"目标进行建设，全新城市规划理念和先进城市管理机制，将使雄安新区具备全域旅游的所有要素。安新县旅游局的一位负责人对我说：我们要确保白洋淀"天蓝、水清、苇绿、荷红"。以生态为起点，雄安新区将成为引领型的全域旅游之城，实践全域旅游的崭新天地。

在雄安新区的规划中，白洋淀处于核心位置。作为新区的肺，白洋淀的环境治理以及对白洋淀的水资源的利用，将成为雄安新区建设中的一大重点，要以保护和修复白洋淀生态功能为前提。建设好雄安新区，就一定要把白洋淀修复好、保护好。目前，作为新区规划建设的关键环节——加强生态环境的保护与修复，正在紧锣密鼓推进当中。雄安新区设立后，白洋淀综合治理进程加速。目前，南水北调中线工程和河北王快、西大洋两大水库相机为白洋淀进行了生态补水，补水的库存水水质均为 I 类，有助于白洋淀保持较高水位和较大水域面积，能有效改善白洋淀生态环境。这里的鱼类恢复到 41 种，野生鸟类也由原来的 192 种增加到 200 种，还发现了世界极危物种白鹤、青头潜鸭。青头潜鸭是候鸟，以水生植物和鱼虾贝类为食，对栖息地的环境要求很高，这也说明了白洋淀生态环境的进一步提升。

回顾以往，我国旅游业发展总是受制于行政体制的条块分割，可圈可点的是，雄安新区建设之初，这样的条块分割就已不复存在。一张"白纸"，没有包袱，从一开始就以"改革者"角色行事，新的模式将呈现出网格化、透明化、协同化、高效化、智能化特征，各产业间的融合创新加速，各市场要素配置更加高效，各种大数据资源整合利用更加精准，基于全新的城市治理模式之上，必将描绘出雄安新区全域旅游的崭新蓝图。眼下，京津冀区域大部分生态旅游目的地分布在河北，含辽河源、坝上草原、崇礼、赤城、白洋淀、衡水湖、京西百渡、雾灵山等。可以相信，这些目的地将在雄安新区带动下实现全域旅游转型升级，形成河北全域旅游众星拱月态势并与京津呼应联动。

伫立白洋淀眺望雄安，备受鼓舞，催人奋进。

作家关仁山说得好："雄安，这个美丽的地方，将要诞生新城市的地方，给我们梦想，给我们希望，给我们不朽的精神。这种中国故事承载的中国精神扎根在脚下的水土，但永远向着蓝天生长。"

作家与咖啡馆

澳大利亚的华文作家不知有谁爱去咖啡馆？反正知道悉尼的一位才女作家千波最爱去。这有例为证：1997 年、1998 年我两次去悉尼，她都邀请我去喝咖啡。记得有一次是从唐人街的一家中国书店出来，带着我和朋友三绕两拐，就来到一个挺古老且挺有艺术氛围的咖啡馆，看着她进店和要咖啡的熟稔程度，我断定她一定是这里的常客。之后，便是在北京西单图书大厦买到一本她著述的《旅澳随笔》，果不其然，她在里面大谈咖啡，大侃咖啡馆，并直言喝咖啡已经是她生命中一个不可或缺的部分。

我们熟悉的那句作家戏言："我不在家里，就在咖啡馆；不在咖啡馆，就在去咖啡馆的路上。"读来，有点近似于"绕口令"，但艺术家与咖啡的关系，显然已是亲密无间，无可分离。

"一个作家坐在咖啡馆里喝咖啡。"

"咖啡馆里有一个喝咖啡的作家。"

这又是我的另一位文友常爱对我絮叨的两句话。

在悉尼，作家与咖啡馆到底是一种什么关系，我了解不多，不敢妄言。但我知道千波是"咖啡控"，她已经写过不少这方面的文章，我建议她继续写下去，出本"作家与咖啡馆"之类的书，畅销应该没问题。

再把话说回到墨尔本。我的老朋友，用中、英文两种语言同时写诗写散文写小说的拉筹泊大学文学博士欧阳昱，也是一个爱去咖啡馆的诗人、作家兼翻译家。那年，我在北墨尔本的一座公寓里埋头撰写长篇纪实文学《澳门，我的1999》，欧阳昱经常风风火火地开着车来叫我去咖啡馆"消遣"（他说不是"消费"），同行的通常有作家马世聚（有一笔名叫"马疯子"）和画家施晓军，欧阳昱说："我喜欢咖啡馆里的情调，它完全能充当一个作品摇篮的角色。"

在欧洲，许多咖啡馆干脆就冠以"作家"的名称，挂出"作家"的招牌。一个地道的咖啡馆常客一定有个人所爱，对于每每要去的店家、习惯就座的咖啡桌、熟悉的侍应招待、喜爱的咖啡种类，都有着极深的眷恋。极端的例子是有人一辈子只去一家咖啡馆，绝不肯迈进另一家的大门。这当中的"讲究"和"奥妙"，又有谁能完全说得清楚？如果说"一个客人坐在咖啡馆里喝咖啡"，俨然就已出了三个显赫的问题：谁坐在咖啡馆里？这是一个什么样的咖啡馆？喝的又是什么品种的咖啡？对此，欧洲人很认真且很严肃地说："这里面几乎包括了欧洲咖啡馆的全部哲学。"

说到咖啡馆里的常客，我想肯定不会仅仅局限于作家，应该是三教九流，形形色色，光怪陆离，无奇不有。据称，从拿破仑、卢梭、俾斯麦、马克思，再到叔本华、毕加索、萨特、卡莱尔等，创造历史的和描写历史的，几乎都泡过几天或者几十年咖啡馆。大革命冲淡了欧洲咖啡的政治气味，取而代之的是布尔乔亚式的精致咖啡，还有波希米亚风格的率性咖啡。在这两种风格激荡下，印象派、存在主义等浪潮在欧洲咖啡馆诞生，冲击了全世界的文化风貌。但可以肯定，作家对咖啡馆的情怀，在其职业用语的修辞下更见光彩："咖啡馆是作家的生存空间，也是他们灵感奔驰和沉悟的精神空间。"在西方，咖啡代表的高雅符合文人对自我身份的标榜，沉浸在咖啡的浓香里，作家的文字或许真能洗去些许世俗陈味。

欧洲历史上，喜欢泡咖啡馆的作家不少，伏尔泰、巴尔扎克都是离不开咖啡的人，但是他们还不能称为是咖啡馆作家。据考证，阿登伯格是20世纪欧洲咖啡馆作家第一人，没有任何一位作家敢跟他"叫板"。他真正是数十年如一日地生活在咖啡馆里，他在文学年鉴上发表的地址直到他去世时都是这样写的：维也纳第一区绅士街"咖啡中心"。

阿登伯格以作家身份一辈子"泡"在咖啡馆里，可见咖啡馆的魅力之大。他对于咖啡馆"之我见"，写下众多幽默而漂亮的诗文："你如果心情忧伤，不管是为了什么，去咖啡馆！等到再也没有人信你，还是去咖啡馆……"

在"咖啡中心"，阿登伯格如鱼得水宛若在家中，招待们替他收发信件，收洗衣店送来的衣服，还替他传呼电话并留言；他不在时，代表他接待、照顾远道而来的朋友；当他需要安静写作时，便为他抵挡所有麻烦的访客（尽管是慕名而来）；在每天不同时间，视他的情绪和行为，送来相应的他喜欢的食物和咖啡。当然啦，有时还会顺便带一个腼腆的、已经在大厅另一个角落里等待很久的陌生的"追星族"，抑或是来自外州的文学新人。把"咖啡作家"的桂冠戴到阿登伯格的头上，真正是名副其实，当之无愧。

著名作家帕特里克·怀特是诺贝尔文学奖获得者，他13岁时便被母亲送往英国读书，欧洲的"咖啡馆文化"对他的影响可谓深矣。1932年，他再去英国，就读于剑桥大学皇家学院，广泛接触德国与法国文学，假期中，他经常到欧洲大陆旅行。在那儿，他最爱落脚的地方便是咖啡馆，他可以在此直面社会，直面人生。其时，来咖啡馆是一种不费钱财、只费时间的社交活动，客人主要还是来自"有闲阶级的圈子"：老人、大学教授、以爬格子为生的作家、善于视察和辩论的心理医生、牢骚满腹一辈子只画几幅画的颓废画师、书店老板、崭露头角的戏剧新星和严厉苛刻的批评家、渴望一炮打红的年轻音乐家、饱经风霜变故的贵族遗老、热衷社会赞助和牌桌的银行股东、消息灵通的烟草小商人，还有专门来此结识名流的"粉丝青年"等等。怀特就沉湎在自己偏好的咖啡馆和弥漫着苦涩气味的氛围中寻找乐趣与知己，集聚创作欲望，编织想象中的"文学梦境"。

重返澳大利亚后，怀特潜心写作，不爱在公开场合露面，但馨香的咖啡的诱惑，他还是难以抗拒，依然是咖啡馆里的常客，如同从前在欧洲一样。他曾经说过："艺术家必须紧靠着他们赖以生长的土壤，即便这是墨尔本人行道上的尘埃或是悉尼城里的垃圾。"那么，更何况高雅时髦的咖啡馆呢？

风靡世界的咖啡起源哪里？

咖啡兴奋提神的魔力又来自何处？

应当说，西方对咖啡的认识是从 16 世纪以后才开始的。11 世纪"东方旅行"时髦起来，最早横跨欧亚的旅行家兼传记作家马可·波罗的著作里却从未留下任何有关咖啡的只言片语。没有这小小的褐色的咖啡豆，又何来咖啡馆？作家与咖啡馆也就无从搭上关系了。

尽管与沿袭几千年之久的东方茶文化相比，咖啡文化的历史可谓相当短暂，且身世朦胧，但它在西方文明发展中的地位远远超过其他任何流行饮料，以至于许多西方学者作家都想方设法、引经据典把咖啡的历史上溯到古希腊罗马时代，并竭力否定它的"东方血统"。譬如，他们对《圣经》和古希腊故事连篇"考证"，论定《荷马史诗》中美女海伦娜引诱众英雄的"黑汤"就是咖啡，《旧约》里的圣人也曾品尝过咖啡，这样一下就把咖啡的历史足足往前推了2000年之久！而且标榜它"理所当然地属于欧洲文明的一部分"。

这些今天看来近乎荒唐的论著，让人想到这些自负的学者作家们当年谈论的一个重点话题乃是欧洲人非常重视的饮料文化，实际上大多米源于其他古老文明的产物——咖啡、可可、茶，没有一种流行的非酒类饮料植物土生土长在欧洲大陆。现今，咖啡的起源地已被专家考证公认在非洲埃塞俄比亚的高热山区，它在一定意义上影响到了这个世界的命运，特别是作家的命运。

当德国著名作家埃格拉斯伯纳在19世纪中叶首次来到多瑙河帝国的都会时，印象最深刻的就是这里的市民对咖啡馆似乎永久不衰的热情和迷恋。逗留半年后，他自己也成了咖啡馆的常客，并写下了脍炙人口的美文：在这个城市里不管人们想干什么，好像都只有一个地方：咖啡馆——在哪儿我可以跟你说话？在咖啡馆！在哪儿我们今天饭后见面？在咖啡馆！在哪儿用马车接你？还是在咖啡馆！似乎维也纳人不知道世界上还有别的什么好地方可去，无论早晨、中午，还是晚上，或者深夜，总是在喝"维也纳米朗琪"（一家著名咖啡店）的牛奶咖啡……

这真正是朝也咖啡，暮也咖啡，男也咖啡，女也咖啡，成也咖啡，败也咖啡了！

"二战"之后，西方咖啡馆的复兴经历了曲折漫长的过程，有的前卫作家干脆把咖啡馆称为"现代浪潮里最后的孤岛"，许多古老又富有情调的咖啡馆只能永远留在文字描写和大脑的记忆之中了。为了强调"传承"，一位在咖啡馆喝"大"的作家开列出如下标准："一个好的咖啡馆应该是明亮的，但不是华丽的。空间里应该有温馨气息，但不仅仅是苦涩烟味。主人应该是知己，但又不会过分殷勤，每天来的客人应该互相认识，但又不必时时说话。咖啡是有价格的，但坐在这里的时间无须付钱。招待应该不断送上免费的水，但却不要让人有所觉察……"这难道就是咖啡馆最完美的存在方式？

品尝咖啡，不仅是味觉上的享受，更是心灵里的洗礼。总之，门已打开，咖啡上桌，怎么喝法，列位作家，就看你的创作观念和人生哲学了。

到悉尼老唱片店淘宝

鲸波万里，一苇可航。如果是喜爱音乐的人，品味悉尼，就先请来品味这儿的几家老唱片店。首选"维琴"，就是其中的一道亮丽风景线。

多年前，第一次来到悉尼时，热情好客的留学生朋友就曾指给我风情万种的达令港，亲切地说：瞧，那里有一座旅行者颇喜爱的大型唱片淘宝市场，你一定要去转转，体验一下进入音乐王国的感觉……

终于来到"VIRGIN"，才明白在澳大利亚人心目中，这个词原意为英国女王伊丽莎白的别称，这名字取得好，于是更给这座唱片店添色增辉。当中国人根据译音把它唤作"维琴"时，那份感觉也是相当不错的，"维琴"本身就透出了一种罗曼蒂克的氛围与情调。实际上，"维琴"是一家濒临美丽的杰克逊港湾的音乐艺术作品商店，叫这里"音乐大全"也好，叫"精品总汇"也罢，完全名副其实，没有丝毫水分和一句吹牛的大话。放眼望去，货架上摆满了来自世界各地不同风格、不同层次的各类唱片、唱盘、磁带。在装潢迥异、林林总总的精神产品中，有古典的、现代的、乡村的，也有爵士的、摇滚的、通俗的，用中国形象的话讲，叫作"八仙过海，各显神通"。

"维琴"一向以唱片种类全、质量高，音乐资讯走在时代潮头而闻名于全澳大利亚，并在南太平洋诸国和海外造成很大声势与影响。这座外观为蓝色涂鸦艺术所包围的超大型唱片市场，在内部装潢上也极具特色，皆配以各种风格不同的艺术绘画和飘荡的美妙动听的音乐，营造出一种多元文化的艺术氛围，让所有不同爱好的音乐迷都有一种归属感，在这里徜徉品味，流连忘返，就像是找到了知音一样。我在这里"淘"到了很多珍贵唱片，尤其还有黑胶唱片。

早期澳大利亚的歌，歌手都是从英国、爱尔兰、威尔士和苏格兰收集的曲调，然后填词，体现的是这块土地上的殖民生活。那时的经典歌曲有《Girls of the Shamrock Shore》《Bound for South Australia》《Botany Bay》《Van Diemen's Land》等，通常都是讲述咏叹通往遥远殖民地海上旅途的悲伤往事。自从1970年代始，澳大利亚民歌受到那些二战之后成为澳大利亚主要劳动力的有着各种文化背景的移民者及下一代的影响，欧洲旋律、非洲鼓点、亚洲节拍，民族传统影响日盛，曲风呈现出柔和而温暖的格调。《waltzing matilda》是澳大利亚一首脍炙人口的歌曲，歌词是由澳大利亚人诗人班尼欧·彼德森于1895年创作，歌词大意是：一个流浪汉在湖边的桉树下休息，一边烧茶一边唱着"waltzing matilda"。这时一只绵羊来喝水，流浪汉就把绵羊藏进了自己的包里。后来牧场主带着三个警察来抓他，流浪汉为了不被警察抓去，宁愿自己跳进湖里淹死。死后，仍能听见他的鬼魂在湖边唱着"waltzing matilda"。《waltzing matilda》在澳大利亚深受大众欢迎，在民间的地位仅次于国歌。2000年悉尼奥运会闭幕式上主打演唱歌，就是此歌。

澳大利亚有自己独特的音乐氛围，虽然平时提到澳大利亚流行音乐更多的都会提及美国和英国的流行艺人，但其实澳大利亚也有相当多的人们耳熟能详的音乐人，他们的影响力不仅仅覆盖本土，更是席卷全球。

澳大利亚人非常热爱摇滚乐，INXS、Air Supply、Midnight，不少这些传奇老牌乐队都是澳大利亚人引以为傲的。澳大利亚流行音乐起源于 20 世纪五六十年代。流行音乐与摇滚不同的是，它使用简单的旋律、和声和文字来创作易于记忆且具有广泛吸引力的朗朗上口的歌曲或民谣。流行歌曲更容易受到流行风格的影响，而且比起摇滚音乐更受欢迎，澳大利亚流行乐成为最成功的音乐出口产品之一。到了 20 世纪 60 年代，澳大利亚流行音乐一直保持强劲增长势头，爱情和女权主义的题材占了很大比重。20 世纪 70 年代末的流行歌曲《命中有多深你的爱》《留下来活着》《夜狂热》等，在排行榜上名列前茅，大受欢迎。在 20 世纪 80 年代和 20 世纪 90 年代，流行音乐超越了"冲浪男孩"形象，大多数年轻人最喜欢的音乐派别还是流行，澳大利亚人很乐意接受国外新音乐，基本上当下国际最"热"作品，都可以在悉尼街道、店铺、夜店这些地方听到。近年来，另类流行音乐或曰"独立音乐"也火速流行起来。如今，澳大利亚流行音乐已经形成自己的独特声音，与国际潮流相呼应，但却深深植根于当地多元文化的深厚土壤。

品味"维琴"，就是品味"金嗓子"法纳姆。约翰·法纳姆的名字在澳大利亚家喻户晓，妇孺皆知。不仅音乐界和歌迷们一致公认他是澳大利亚歌坛上的新星，就是一般公众也都赞扬他是杰出的"金嗓子"。确实，法纳姆是澳大利亚乐坛当之无愧的奇才。法纳姆曾是一个铅管工学徒，20 世纪 60 年代末，他以一曲《洗衣妇——沙黛》轰动歌坛，从此，他由业余变身职业歌手。然而，使法纳姆歌唱声誉达到最高峰的，还是 1988 年《理性的时代》这套唱片的问世，他因此荣获了澳大利亚公民最高荣誉奖——"杰出的澳大利亚人奖"。

品味"维琴"，就是品味温蒂·马修斯和"印艾克斯"摇滚乐团。"维琴"里的导购小姐，好像都是音乐学院的高才生，当顾客走进"维琴"，她们会给你讲解许多音乐方面的知识，让你陶醉在音乐的享受中心甘情愿地大把花钱。在澳大利亚人眼中，女歌星温蒂·马修斯和她加盟的超级摇滚乐团，以其明快活泼、粗犷奔放的风格在澳大利亚乐团独树一帜。该乐团的音乐创造极富前瞻性，因而领导着澳大利亚乐团的潮流，其歌曲传达的人文信息令听众津津乐道。最让马修斯感到骄傲的是她有幸在一般流行艺人望尘莫及的音乐圣殿悉尼歌剧院举办个人演唱会，这当然是非常难得的殊荣。马修斯常常以她那甜美、浑厚、奔放的歌喉倾倒众多歌迷和崇拜者，人们视马修斯的歌喉为最完美和谐的组合，她因而获得在澳大利亚知名度很高的"双白金唱片奖"。在"维琴"，温蒂·马修斯的唱片专辑销量一直居高不下，是最火爆的"卖点"之一。

品味"维琴"，就是品味"桑德斯乐队"和《没有啤酒的小酒馆》。"桑德斯"在澳大利亚特指活跃在牧区草原上的小乐队，就如同中国的"乌兰牧骑"。他们通常在黄昏时分聚集起来游荡于牧区和乡村，为那里的人们义务表演富有澳大利亚特色的、淳朴的乡村音乐，很受尊敬和欢迎。他们不图名，不唯利，为的只是让远离城市的人在看电视、听广播之外，还能享受到富有诗情画意和浪漫情调、谛听到有着浓郁乡土气息的乡村音乐。那些劳累了一天的人们，卸下生活的重负，坐下来边喝啤酒，边吃羊排，边欣赏悦耳动听的音乐，的确会有一种妙不可言的舒适感觉。

尽管黑胶唱片开始再次受到人们的欢迎，但悉尼现存最久的唱片店仍然要关闭了。我逛了的这家名叫"Lawson's Records"的唱片店是于1964年在悉尼皮特街开业的，半个多世纪后的今天，这家小店正在被"逼"出市场。唱片店老板杰里·帕斯夸尔显得很无奈："虽然黑胶唱片重新流行起来，但它的市场仍然很小，很多人甚至没有唱片机。"据澳大利亚唱片业协会的数据显示，黑胶唱片销量连续八年增长，但这种创纪录的复兴不足以保护帕斯夸尔的商店免受真正的"杀手"——高额门店租金的影响。帕斯夸尔直抒苦衷："我们店一直经营得很好，直到七年前，新房东把租金从每年 7.7 万澳元调升至 23.8 万澳元。我已经 77 岁了，想要在三年内退休，但关店的原因还是因为无法盈利。"几十年来，帕斯夸尔见证了澳大利亚黑胶唱片和唱片光盘的繁荣兴旺。众多唱片爱好者和旅游消费者表示，"关店对于悉尼的唱片业来说是一个巨大的损失"。

在悉尼这个最潮的城市，我还邂逅到了 "Red Eye" 唱片店。屈指算来这是该店开业的第 35 个年头，俨然成了悉尼音乐人、唱片收藏爱好者和乐迷们的第二个家，据说这家店已经是澳大利亚年头颇长、规模最大的唱片店了。店内不仅出售各类唱片，货架上同时还有书报杂志、明信片和 DVD。最叫座的是，这家店里有很多稀有的绝版唱片和澳大利亚原版唱片。尽管现在能在网上买到比实体店里更便宜的唱片，但却缺少了店员忙东忙西、老顾客端一杯咖啡和老板聊得热热乎乎的人情味儿。这家店的线上购物体验也相当不错，上网一搜就能查到最近新到了什么唱片，最近又有什么唱片卖得最火。

悉尼杰克逊港湾如同绚彩斑斓的万花筒，转一个角度便是一种颜色，重新回望又是另一种万方风情。如果想真正了解这座城市，领略为何悉尼被称为"全世界独一无二的悉尼"，那么就请跟随我的脚步，悠然漫游于这个南半球最热闹的大都市的一角，探索隐藏在这个"维琴"深处不为人所知的美妙音乐吧。

悉尼很大，是澳大利亚最大城市。在偌大城市里，一个人的"淘宝"显得多么渺小！我对于悉尼来讲终究是一个过客，而悉尼于我而言，是一个海外故事，是一首域外风情老歌，故事讲不完，歌要唱很久。……

米勒的寻根旅行

山和山不相遇，人与人要相逢。

澳大利亚著名作家亚历克斯·米勒是我的老朋友了。早在若干年前，我就在澳大利亚对他有过一次令人难忘的采访。其时，他对中国高速发展的经济将带来的巨变有过一段美好预言，他说：你别看现在澳大利亚私家车满街跑，十几年后，中国也一个样！……他说这话时臂膀在空中划过一道有力的弧线，没有丝毫犹豫和彷徨。而当我在墨尔本与米勒"第二次握手"时，他的预言在中国已成现实。

笔者：我看到了一则消息，您正在争夺澳大利亚总理文学奖。

米勒：是的，我是竞争者，已进入决赛的前六名。我以新作《Love song》参加你们中国时髦语定义的"PK"。

笔者：我依然记得，你出生于伦敦一个工人家庭，十六岁只身来澳，后毕业于墨尔本大学英文和历史系，一九八八年五十二岁时，书稿才首次被出版社接受。一九九二年问世的第三部小说《祖先游戏》不出则已，一鸣惊人。

米勒：《祖先游戏》是我四年辛苦写作的结晶。最初的创作起因源自一个旅澳中国老朋友浪子的自杀。由此引发出我的追问：不管多么艰难，难民似乎成为故国遭毁者的勉强出路。连孔子都讲"道不行，乘桴浮于海"。这时生存的希望，是离开危难的故国生活，盲目地想象未来，并企图建立新的家园。可是，有这样的世外桃源吗？

笔者：澳大利亚文学起始于殖民地年代（1788—1890），后逐渐形成自己具有民族特色的新兴文学，同时产生了一批优秀文学家，您就是其中一位。《祖先游戏》是你的代表作，以写了"中国内容"而名声大噪，因荣获四个文学奖项"迈尔斯·弗兰克林奖、英联邦作家奖、太平洋作家奖、联邦作家协会奖"而备受关注。那么，支撑你在当代澳大利亚文坛占据一个独特位置的"东西"到底是什么？

米勒：《祖先游戏》属国际性题材，是在多元共生时代对文化撞击和文化交融的深刻而生动的描写，有着独特的文化内涵。作品讲述了中国福建冯家四代在澳大利亚移民定居的故事。《祖先游戏》时间、地域跨度从 19 世纪 50 年代"黄金热"的澳大利亚新南威尔士殖民区，延伸至抗日战争前的中国城市杭州和上海，再回到 20 世纪 50 年代多元文化掺杂融合的澳大利亚墨尔本。是一部跨越时间与空间、跨越文化与家园的作品。

笔者：小说主人公史蒂文的身份是特殊的。你自己就是来自英国的移民，因此你的视角是双重的：既是内部的也是外部的。你的双重视角给你笔下的移民提供了一个积极选择：那就是你在作品里所倡导的"双重式样的生活"。我以为，这一选择在全球化大趋势下的今天无疑更具有重要的现实意义。

米勒：作品中大部分移民心系祖先梦中故土，魂牵大洋彼岸，但是他们没有选择逃离和忏悔，而是选择勇敢面对、接受异域文化。我强调在相互尊重彼此融合中重新定义澳大利亚文化和中国文化，强调自身与他者的趋同与联合以及对于祖先精神财产的继承和发展，这也是我面对后殖民主义所持有的态度，同时也涉及了当今澳大利亚多元文化结构在当代澳大利亚文化发展上的路线选择与方向把握。

笔者：《祖先游戏》无论是从思想的深刻性还是写作技巧的稳熟性，较之你早期的作品都要技高一筹。它以全新视角和独特叙事方式将读者带入一个精心编织的文学与现实有机结合的世界，畅言了深藏在许多澳大利亚人内心欲言而又未曾言明的问题，即那种久居异国他乡，而又无时无刻不为故乡文化所左右的"祖先情结"。

米勒：是的，不夸张地说，《祖先游戏》具有多元性主题思想，并从"祖先情"的普遍意义、当地意义、暗指意义及现实意义等诸多方面进行精彩独特的叙述，概述了澳大利亚历史就是一部移民史，就是一部来自不同国家的移民在新大陆拓殖、探索、繁衍、奋斗并逐步融入国际社会的历史。澳大利亚文学的发展也正是沿袭了这一发展轨迹，自始至终都与历史有着天然联系，长久以来历史的演变和发展为澳大利亚作家的文学创作提供了丰富素材，移民们在澳的经历和状况成为众多作家笔下反复咏叹的主旋律。

笔者：近年来，在各国文学作品中，文化间的相互关系成为人们关注的焦点。澳大利亚是一个文化杂居的国度，你致力于文化传承，描摹出一个个与边缘人生活全方位息息相关的话题——流浪天涯、文化归属、家族变迁、角色迷茫、身份认定，以及对悠远历史的不舍与割弃。

米勒：澳大利亚作为一个现代国家的起点，是西方殖民者发现和英国囚犯的流放之地，后来它成为战乱下移民难民们迁徙的家园。西方思想中很多所谓普世的人权标准，在这里遭遇到前所未有的检验。真正的平等分享是困难的。我的新书《前往盘石乡的旅程》（Journey to the Stone Country），企图再次超越自身所属文化疆界，推倒澳大利亚殖民传统中被西方思想合理化的对那片土地的占有权，对人和文化进行更加和谐平等合情合理的解构与审视。

笔者：事实上，在不少澳大利亚文学作品中，澳大利亚作家笔下的华人大都被写成"邋遢懒散，奸诈狡猾，心怀鬼胎，面目可憎的'异类'"，表现出一种强烈的种族歧视和排外情绪。《祖先游戏》的可贵之处就在于它跨越文化，跨越家园，首次给华人以正面塑造。不仅在作者故乡被视为当之无愧的杰作，而且备受不同国家、不同种族读者的青睐。中国评论界认为它在刻画华人方面堪称里程碑之作。

米勒：回过头看，还有不少缺陷。我特别注意到一位中国学者提出的批评：东方主义话语的运作轨迹仍然很明显。书中对中国和中国人的表现基本上沿袭了传统的"滞定型"形象，没有跳出"他者"和"异类"的窠臼，多少暴露出了作者的人文主义局限以及进步思想的脆弱。

笔者：仁者见仁，智者见智，如果真是这样，前不久，你相隔十几年之后的又一次中国之行，至少可以在这个问题上帮你加深认识和弥补不足了吧？

米勒：是的，在北京，在上海，在杭州，旧地重游，我的眼球受到猛烈冲击，我的心灵受到强烈震撼。中国和中国人的巨变，全球有目共睹，这为我今后涉华题材的文学创作提供了新的视点和水平线。

笔者：中国加入 WTO，等等，其实都提供了这种思想变革的极好契机。尽管亨廷顿的"文明冲突论"代替了"文明与野蛮"，二元对立的思维方式仍然没有根本改变，但毕竟承认了不同文明之间的冲突，而且事实上不同文明的冲突也是无所不在。

米勒：既然追求是多元的，在多极的世界格局中，包括文学创作，就应该寻找各种"对话"的可能性，只有在不断的"对话"或"话语权"争夺之中，才有可能获得主体性文化身份的真正确立。

笔者：你的《祖先游戏》的启示意义和教化作用是多方面的。对于中华民族来说，21 世纪是一个梦想、腾飞与辉煌的世纪，所有这些因素，都使得我们民族的文化、文学不仅面临新的机遇，同时也获得了更广泛的生命营养，预祝你有更多涉猎中国文化的佳作问世！

米勒：很高兴与老朋友重逢，很愉快接受您的采访。让我们满怀信心，面向未来，在东西方文化世界里寻求和确认自身文化身份的进程，从其异同中考察民族文化在直接置身于他族文化环境中的传承、应变和创新，使我们对民族文化、文学的历史和现状获得更清醒的认识。唯有如此，我们才能在全球文化互动关系更加紧密的年代正确定位并努力提升民族文化、民族文学的地位与价值，进而在21世纪世界文学史上留下意义深刻的印迹。

笔者：是的，只有在远离故乡的异国他乡，"祖先情结"才会登上心灵的舞台，歌咏主宰的旋律，如同孩子手中飞翔天际的风筝，不管飞得多高多远，总会有祖先之线掌控着、牵附着，这种"祖先情结"潜藏在灵魂最深处，是永远不可抹去的记忆。

墨尔本酒吧印象

旅澳留学，我在墨尔本前后生活居住长达 8 年之久，对酒吧有着抹不去的记忆。现在忆起仍历历在目，徐徐浮现出来。墨尔本充满人文情怀，浓郁的咖啡文化占了一份，但到了每天下午四五点时，夕阳改变天空颜色夜幕为之降落，随处可见的酒吧就开始登场了。墨尔本的酒吧数量不亚于咖啡馆，其特色就是户外酒吧多，酒吧比咖啡馆更喧闹更拥挤。夜色下杯光闪烁，觥筹交错，酒吧文化大放异彩。

墨尔本市的 GIN PALACE（杜松子酒大厦）好像是墨尔本市饮酒界的"特工 007 詹姆斯·邦德"，这里的马提尼酒菜单特别吸引着坐在豪华窗口凳上以及在小隔间乘凉的人们。位于 St Kilda 大上的 Prince of Wales Hotel（威尔士王子饭店）中的 MINK 酒吧也提供外边带有一只红 / 绿"请勿打扰"指示灯的私人小隔间，与它在一起还有被认为是全城最好的鸡尾酒吧，能提供 43 种伏特加酒和鱼子酱。

城中的 THE HAIRY CANARY（长毛金丝雀）恰如其分地开了一家餐厅和营业至深夜的鸡尾酒吧，而城中的 MEYERS PALACE（市长大厦），把它所有的酒柜和鸡尾酒全都摆放在一扇转动大门后的鞋盒形酒吧之中。对那些想躲避快节奏的生活而忙里偷闲的人们来说，可以斜靠着市内欧洲风格的 THE MELBOURNE SUPPER CLUB（墨尔本晚餐俱乐部）的座椅上享受闲情逸致，特别是移步到隔壁的公主戏剧院观看节目之前或之后与朋友小酌一杯。

近唐人街的科廷大楼的屋顶酒吧电影院（Rootftop Bar & Cinema），这家酒吧以其上佳的地理位置、优质的配套服务和幽美的周边夜景而赢得青睐。在这儿可以要一杯玛格丽特，站在屋顶眺望太阳落入地平线，星星一颗颗闪出来，斑斓灯光慢慢成为这座城市的主旋律，脚下车水马龙人潮涌动，一切仿佛都与自己无关，喝着美酒，像是生活在这座城市时间之外，喝着美酒，忘记疲惫，抛下烦恼，就连身体也都变得轻飘飘起来。

墨尔本东北部充满波希米亚风情的菲茨偌伊区，有一家跻身墨尔本酒吧"前茅"的酒吧，名字很特别：裸露在天空中（Naked in the sky）。这座酒吧位于一座跟周边房屋相比明显高出好几层的维多利亚式复古建筑楼顶，是为该区域特殊地标。从酒吧可望见不远处市区高楼迭起，仿佛是屹立于未来世界的海市蜃楼；向楼下望去，布伦瑞克街簇拥着一系列低矮房屋和街道矩阵，一直延伸到地平线尽头，油然而生一种"独上高楼，望尽天涯路"的优越感！

小巷酒吧 Section 8 位于斯旺斯顿街附近，那年英联邦运动会时开始营业，因当时大受欢迎被保留下来。一切布置如初，铁丝网围栏和简易顶棚上爬着凌乱的藤蔓，堆砌成不同高度的木质仓库货板当卡座，涂鸦的汽油桶为桌台，砖墙上的红蓝绿主色调的三幅涂鸦，一尊菩萨雕像，几盏纸质红灯笼和一些绿色盆栽，这便是酒吧的全部装饰。随处可见"临时"痕迹，可就是"临时"不下来，它所营造出的另类酒吧空间，恰恰符合澳大利亚人的随性风格，生意火得不要太好。

雅拉河南岸的酒吧 Fatto，夜幕降临，捧一杯酒，临河而立，望着水面的倒影，看着天上的月亮，真有"举杯邀明月，对影成三人"的意境。酒吧是墨尔本人生活中不可缺少的一部分，它是人们精神交流的一个平台，即便不喝酒，酒吧也是和朋友聚会、抛开一日工作疲惫、放松心情的绝佳场所。

澳大利亚酒吧的特点和英国传统酒吧的特点非常相似，一般分布在街市的道路两侧，格调和装饰上尽显多元化的酒吧文化。酒吧里大都设有角子老虎机、美式落袋台球供客人娱乐。不少酒吧还可以观看并电视转播赌马赛马实况。一般来讲，从酒香四溢的白兰地到令人心醉的威士忌，酒吧里品种繁多，澳大利亚人无酒不爱，酒吧也就是澳大利亚人的最爱去处之一了。酒吧里客人流动性较大，而且多以中青年男女为主。这里的酒吧晚上经常有爵士或摇滚乐队演出助兴，灯火阑珊，人声鼎沸，热闹非凡。

面对这样一些形形色色的酒吧，一位中国留学生是这样表示的：澳洲留学，打开酒吧"潘多拉"！该同学写过一篇文章，很精彩，很别致，不妨拿来与广大读者玩味共赏：

我从小就是根正苗红的社会主义花朵，自然不能被资本主义颓废的酒精灌倒。尽管在长辈的口中，酒吧一再地被妖魔化，仿佛神秘的潘多拉盒子，天知道要跑出些什么牛鬼蛇神来。

《凯斯酒吧：KISSBAR》描写了一个即将拆迁的凯斯酒吧，最后一个下午和晚上的营业情况。它用酒吧里的酒水、咖啡、烛光、爵士乐拷问了人们的现实生活和情感生活。这部书的描写，似乎印证了人们一提起酒吧，就把它和夜生活、放纵、发泄、麻醉这类词语联系到一起的思维定式。

我在读教育学时，班里有两个"哥特"风格打扮的女孩米歇尔和瑞塔——衣着是黑色调的繁复，戴鼻环和有金属刺的手环。这样的打扮，除了冲击我朴素单调的审美观外，也与毕业后澳大利亚小学教师的形象不符。接触频繁了，我发现米歇尔和瑞塔都是善良热心的人，也不禁感慨墨尔本文化的包容性。文学青年、摇滚青年、素食主义者、环保主义者……这些大相径庭的标签都可以贴在他们身上。

米歇尔有个乐队主唱男友，正在筹备他人生中的第一张唱片。一个周末，我们受米歇尔之邀，一起去了位于市中心的酒吧，观看她男友的演出。刚开始的暖场乐队一上场，拉了一段吉他和小提琴协奏，人群就兴奋起来，围在小舞台中央跟随音乐律动，有些干脆就跳起流行的拉丁舞，连我这样矜持的中国留学生，也情不自禁地打起节拍。天气炎热，很多人买冰啤解暑，但没有人喝醉，因为还要开车回家。我没见到任何人在场内吸烟，吸烟的人都自觉地聚到二层露台。整场演出都在快乐的气氛中进行——酒作为中国家长眼中不能碰的"毒药"，也在墨尔本的酒吧中被淡化了，成了音乐的陪衬。

有了墨尔本酒吧的经历，我大脑"酒吧"空白的栏目里填入了新的内容：音乐、舞蹈、自然、随性、快乐……我回国时体验了几个北京酒吧。我见过醉生梦死的文艺女青年，见过很多人任台上歌手多卖力、多艺术都呆坐在椅子上毫无反应，见过许多歌手扯着嗓门儿吼着谁也听不懂的英语、把音乐全然当作了个人情绪发泄。

前不久，我在网上又遇见我的澳大利亚同学米歇尔。她和男友已经结婚，还当上了小学老师，买了一幢带花园的房子，并生了一个女儿，一切都是主流社会定义下最普通、最平凡的生活。我想，"吧"这个从西方袭承过来的特殊空间，本来不过是都市人减压的场所，何必要贴上绝望、颓废、糜烂、边缘的标签呢？我要说，酒吧不是潘多拉。

看完以上这篇短文，读者该对澳大利亚酒吧有初步印象了吧。

是的，酒吧文化是欧洲人文形态的重要构成，小小酒吧包容大千世界，欧洲各阶层的文化现象在酒吧都有所体现，有的甚至展露得淋漓尽致。两个多世纪前，欧洲的酒吧文化随着占领者与流放囚徒进入澳大利亚，并很快在本土得到延伸和认同，成为澳大利亚新大陆文化传播的主要媒介。在今天墨尔本、悉尼、阿德莱德、佩斯等许多城市大街小巷风行不减的酒吧中，百年以上历史的酒吧随处可见，比比皆是。不同的是，年轻的英国后裔与来自世界各地的移民给澳大利亚酒吧文化注入了更多新的时尚与休闲的元素。

如今，泡吧已成为许多澳大利亚人每天生活不可或缺的一部分，不同职业、不同年龄的人都有属于自己的酒吧去处。从下午下班到午夜之后，酒吧成为传承白天的又一个完全不同的人生舞台。许多澳大利亚人都有下班后先去酒吧小酌的习惯，约上一两个好友，要上一两杯啤酒，聊上半个或一个小时，然后回家，这已成为澳大利亚人的生活习惯。在这一时间段内，酒吧生意肯定异常红火！尤其是每周三或周四发薪之后，到了晚上七八点以后，凡有酒吧的街道便热闹起来，因为澳大利亚人是"今日有钱今日醉"呀！墨尔本市有个酒吧一条街，那里的酒吧足有上百家，几乎都开在街面上，以酒水为主，配有简餐。客人来这里多是与朋友喝酒聊天，大多数都比较文明，很少有酗酒现象发生。在澳大利亚过把泡吧瘾，其实也真的很有意思，在酒吧里不仅可以换一种心境，而且还能看到人生舞台上寻常不曾见到的可信真实的人物百态，夜晚的人们比起白天的人们抑或更加真实地露出人性的本来面目？

还有一类酒吧则是澳大利亚新人类——嬉皮士聚集的场所，这里烟雾弥漫，爵士乐震耳欲聋，人人都穿着奇装异服，涂着怪异的油彩，奇葩的发型，古怪的装饰，许多男士头中间都留着一撮著名的"鸡冠发"，两边光光的头皮，身上文着各种图案，这似乎就是嬉皮士们最鲜明的标志。他们在这里醉生梦死，享受着自己认为的人生最大快乐！

澳大利亚酒鬼多，其中大部分酒鬼就是在酒吧"打造"出来的。这样的"酒吧酒鬼"以中年男性为主，此时他们不再像白天工作时那样西装革履，风度优雅，常常彻夜泡在酒吧酗酒，直到不省人事，酣卧大睡！此外，酒后打架斗殴的事儿也时常发生，让各级政府官员和执勤警察十分头痛。这类酒吧中通常还有脱衣舞表演，酒鬼们在舞女的挑逗下一边掏空自己的钱袋，一边狂饮直至酩酊大醉。

还有一种另类酒吧一般人不能进去，只能偷偷隔着窗户向里瞟上一眼，望上一望，这就是同性恋酒吧！同性恋在澳大利亚受法律保护和社会认同。在悉尼就有同性恋酒吧一条街，它因每年三月都要在这里举行的世界同性恋者大游行而闻名全球。许多出入酒吧的男人都手牵着手，这是典型的同性恋。其中穿八分裤的扮演的是"太太"角色，如果欧洲人与亚裔人两个在一起，欧洲人大多就是"丈夫"无疑。他们将这条街划为自己的领地，酒吧就是他们谈情说爱、结识伴侣和小型聚会的"伊甸园"。

墨尔本有着"南半球第一鸡尾酒之都"的美誉，任何一个小酒吧都有各式各样琳琅满目的鸡尾酒。如玛格丽特、曼哈顿、黑色风暴、血腥玛丽等鸡尾酒，皆是墨尔本人的最爱。除鸡尾酒外，墨尔本人也喜欢喝葡萄酒。澳大利亚有着非常深厚的葡萄酒文化，而维多利亚州的雅拉河谷更是世界一流葡萄酒产地，盛产各种优质葡萄酒，这些在酒吧里都能喝到。

有朋友总结得好：墨尔本酒吧不是夜幕下的一晌贪欢，而是这座文艺之都夜生活长久保鲜的奥秘所在。酒吧就像是一卷胶带，随着夜幕降临而铺开，所有人都在上面喜怒哀乐，酒吧不言，文化犹在，待到曲终人散，这记忆就嵌入时间的卷轴。

一艘神秘红木船的传说

谁最早登陆澳大利亚?

我在 20 世纪 90 年代曾进行过环澳旅行,并先后出版了旅行著作《澳洲见闻录》和《袋鼠家园》。关于澳大利亚最早是谁发现的话题,讨论过不少于 100 次吧。最广为流传的一个标准答案似乎是:英国探险家和航海家詹姆斯·库克在 18 世纪后半叶率领"奋进"号探险航行时,发现了澳大利亚和新西兰岛。然而直到今天,这一话题的争议其实都非常大。

在澳大利亚,我多次听到过一个关于一艘神秘古船——"红木船"的传说,已经流传很久很久了。这实际上是一艘失事搁浅的船,它之所以神秘,是由于当年人们发现其残骸时,它就已经在那里了,没人能说清楚它的归属和来处。也许正是因为如此,早年发现它的人们并没有太拿它当回事儿,等到后人想起来该"考证"时却又发现,流沙早已将它掩埋得无影无踪。

多少年以来,澳大利亚考古学家一直没有放弃有关"红木船"的任何勘察线索,甚而至之,还专门成立了一个"红木船"委员会,一直试图揭开这个谜一样的传说"谜底"。澳大利亚"红木船"委员会主席帕特里克·康奈利在接受记者采访时曾表示，这艘"红木船"大约是在1836年被人发现的，造型极不寻常。起先人们对它并不在意，直到1880年左右它被沙堆掩埋时都没有引起多少兴趣。但到了20世纪初，有关人士开始琢磨起这艘船的来历。数十年来，考古和探险家们一直在瓦南布尔大约25千米长的海岸线附近寻找"红木船"遗迹，然而却毫无所获。其实，澳大利亚有些历史读物早已提出，是中国人而不是欧洲人最早到过澳大利亚北部的达尔文港。英国海洋学家加文·孟席斯更是在其著作《1421：中国发现世界年》中提出，15世纪中国明朝三保太监郑和船队下西洋时曾经到过澳大利亚和新西兰，比英国库克船长早了至少350年。但是许多历史学家对这些观点并不以为然。多年来，人们都认为传说中澳大利亚东部维多利亚州瓦南布尔附近的"红木船"是葡萄牙人在16世纪留下来的，比英国的库克船长在澳大利亚登陆的时间要早200多年。近几年，葡萄牙人也曾试图在瓦南布尔寻找与本国早期殖民者有关系的蛛丝马迹，但终无结果。

不少澳大利亚人都相信，该国的历史与那艘神秘的"红木船"有着不解之缘。当一队考古学家在澳大利亚维多利亚州西南部瓦南布尔沿海寻找这艘著名的沉船"红木船"时，挖出了一些红木碎片。由于木片已被证实并非来自澳大利亚本土，这一挖掘成果引起有关方面的极大兴趣。

有关人士希望，瓦南布尔考古队的新发现能够帮助学者们为这道历史难题找出答案。考古队发言人马克·罗森说，这一次，他们的考古队根据一只捕鲸船1836年留下的罗经测位标记和一张可能绘制于1860年前后，标有木船和沙堆的草图，终于在距离海岸线150米左右的地面沙丘下，发现了二十几块红色木片。罗森说，出土的木片和木块非常坚硬，有的像土豆那么大，还有的如手指一般大小，一头像子弹一样尖利，另一头则非常平整光滑，好像被锯过一样。他说，可以肯定，这些看上去就像大木船上榫钉的木片，绝对不是早期澳大利亚人的作品。"红木船"委员会主席康奈利认为，专家们研究后已经断定，出土的木头不是澳大利亚本土出产，这说明它们是由外国船只带到澳大利亚的。康奈利说，明年是中国明朝郑和第一次下西洋600周年纪念。如果正在进行的放射性碳素断代证明，验证出土木块的年龄超过500年，那么根据英国人孟席斯的理论，它们就应该来自当时在大洋上浩荡行驶的平底大木船。而那时，世界上只有中国的船队才有这样的实力。这让"郑和船队"浮出海面。对于这一点，就连反对孟席斯"中国发现澳洲理论"的专家学者们也一致表示赞同。康奈利指出，根据国际法，沉船的所有权属于船只的来源地。可以想见，这一消息会在中国和澳大利亚引起怎样的兴奋和震动。

在瓦南布尔附近一处距潮汐线百多米的海岸沙丘下找到的红木片，人们深信这正是传说中"红木船"的遗骸残片。澳大利亚考古学家称，"红木船"非"红色的木船"，而是用货真价实的名贵红木打造的船。史料记载，最早发现"红木船"残骸的是两个捕鲸水手，地点在今天维多利亚州西南部仙女港与沃南布尔之间海岸线的某处。1836年1月18日，这两名水手与他们的另一名同伴驾船出海捕捉海豹，行至沃南布尔附近霍普金斯河口时失事翻沉。那名同伴不幸溺亡，剩下两人游返回岸，途中，发现了海滩沙丘上的"红木船"残骸。回到捕鲸站后，他俩立即将所见所闻报告站长米尔斯，米尔斯于是专门前往查看残骸并作书面记录："那残骸陷在沙丘顶端，从大小推测船的排水量应该超过百吨。从残存部分的侵蚀程度看，在那里应该已经有不少年头了。船甲板早已不见，龙骨也大部分被流沙掩埋，从散落的材料来看，那船应该是用一种深色硬木制造，像是红木。很显然，这不是本地树种。这船一定来自海外！"随之，"红木船"的名字与传说在南半球的星空下"不胫而走"了。

"红木船"残骸之特别处在于，它离海边较远，高居海岸沙丘上，其建造材料与众不同。关于这艘船来历的猜测五花八门，有认为这船可能来自一支葡萄牙人或是西班牙人或是荷兰人的探险船队。也有人言之凿凿地说，这是一艘葡萄牙船只，原因是后来在残骸附近地区又陆续发现了葡萄牙人的航海图等物，显示葡萄牙人曾于1522年前后到过澳洲大陆。还有历史学家认为，这残骸属于一支由克里斯托瓦·门东卡任船长的葡萄牙船队，史载那艘船恰好于1522年前后失踪。当年当地瓦南布尔曾有一家报纸载文推断，对这艘年代久远的"红木船"，一代代传下来的一种民间说法，讲到曾有"黄皮肤的人"来到此地与先民共处，当地土著人遗产保护地的岩洞壁画中也曾发现了一些个子不高的黄种人形象，"红木船"与传说中的最早发现澳洲大陆的郑和船队有关，云云。

澳大利亚的历史教科书上写道，是葡萄牙人最早发现了澳洲，而英国的库克船长则是第一个率欧洲移民登陆澳洲大陆的人。近年来，有不少中国人先于欧洲人发现澳洲大陆的说法传出。有记载说，1879年，澳北部地区首府达尔文曾经发掘出一座很可能是早期中国航海者带来的寿星石雕。《岛夷志略》是一本中国古书，讲述了中国古代航海家汪大渊的航海见闻，从书名中可以看到这一点。关于澳大利亚见闻，书中有两节：一、麻那里；二、罗娑斯。当时中国称澳大利亚为"罗娑斯"，把达尔文港一带称为"麻那里"。泉州商人、水手认为澳大利亚是地球最末之岛，称之为"绝岛"。书中记载："男女异形，不织不衣，以鸟羽掩身，食无烟火，唯有茹毛饮血，巢居穴处而已。""穿五色绡短衫，以朋加剌布为独幅裙系之。""奇峰磊磊，如天马奔驰，形势临海。"在这本书中，很多记载都和澳大利亚实际情况相对应。自1867年以来，由于这本书在地理和历史上的重要史料价值，因而引起西方高度重视，并将该书翻译出版。尽管《岛夷志略》是见著于世的关于澳大利亚最早的文字记载，但西方学者至今仍不肯承认汪大渊到过澳大利亚。据考，汪大渊出生于1311年，此人传奇一生，是中国著名的航海家、旅行家，一生两次远途航海，去过地中海、摩洛哥、埃及、莫桑比克海峡、澳大利亚等，所以他又被誉称为"东方的马可·波罗"。

　　发掘并确定"红木船"的来历有可能会重新定义澳洲大陆的发现者。据最新报道，瓦南布尔考古队发掘出的红木碎片已被送请考古专家使用"碳–14"定年法来测定其真实年份，进行放射性碳素断代。通过测量古动、植物体内碳–14的含量，即可准确推算出其死亡年代，得知这些用于造船的红木是何时被伐倒的，从而推算出"红木船"的"年龄"。1405年郑和首次下西洋，倘若碳同位素定年法最终证明那些红木碎片的年份超过500年，那么这艘"红木船"就极有可能属于郑和船队，一些人士认为，这个断代结果有可能会证实"中国人远在欧洲人抵达之前就发现了澳大利亚并且到达过澳大利亚东部地区"的论断。

　　"起底"一艘神秘的红木船，有望证明谁最早发现了澳大利亚。

仙女港的历史回声

三月，沿着维多利亚州大洋路（Great Ocean Road）一路南行，去参加仙女港民谣音乐节（Port Fairy Folk Festival）。

这是澳大利亚维多利亚州大洋路终点上的一个小渔村，大洋路真正的尽头，维多利亚州最古老的港湾。渔村里的每个角落都充满了历史留下的痕迹。

作为大洋路上著名的泊船海岸的最后目的地，小镇上遍布 19 世纪的小木屋，保持着古老的爱尔兰渔村风味，还有南洋杉和石头教堂，围绕着数不尽的大树和鲜花，远处是延绵不绝的白色沙滩，格外安宁恬静。信步走在湖边维多利亚式的小别墅旁，仿佛刚刚从童话里跳跃而出，让人恍惚闯进了时间隧道。来到这里，加入仙女港小镇居民的欢乐艺术节吧，把酒向海，狂歌起舞。

这个小渔村有一个非常漂亮的名字：仙女港（Port fairy）。

仙女港是位于维多利亚州西部的一个很小的海边旅游小镇，历史可以追溯到 19 世纪 40 年代。如今，这里已经不是当年"淘金热"时繁忙的货运港口了，而是著名的旅游胜地，每天来这里旅游的人络绎不绝。宁静的海湾给人们展示着大自然的美丽，提供了休闲娱乐的最佳环境。在仙女港可以尽情戏水游玩，出海找寻鲸鱼海豹和海豚，让自己变成一个海边的地地道道的渔民。

仙女港海湾风帆点点，灯塔耸立，这里原是当地人长期居住的区域，在 19 世纪初成了捕鲸者经常光顾的港湾。1802 年，法国航海探险家第一个航行到这里。1828 年，一名捕鲸船员把此地命名为"仙女港"。1835 年建立第一个捕鲸站，1839 年这里开业第一座商店，1887 年开业第一家邮政局。1843 年建"镇"，悉尼著名的律师詹姆斯·阿特金森在这里购买土地，并于 1843 年在莫恩河入海口建立了港口。仙女港位于莫恩河下游入海处，这是远远早于墨尔本的海港。由于港口的作用，在当年维多利亚州"淘金热"中，它像闪耀的新星，充当着海运的角色。因为这里的港口可直接从南大洋出航，从而带动了这个小镇的发展。19 世纪 50 年代是小镇迅猛发展的黄金时代。在我来此 10 年前的普查中，小镇有 2599 名常住人口，主要的产业是旅游业和捕鱼业，它是澳大利亚维多利亚州最大的捕鱼船队的母港之一。

镇如其名，仙女港拥有仙境般风光旖旎的海滩，建筑以古香古色的传统木建筑为主，梦幻如童话世界一般。镇内主要景点有东部海滩和格里菲斯岛（Griffith Island）。东部海滩是该小镇最著名的景区，位于小镇主路 Griffith Street 东部，适合冲浪、摩托艇、游泳等海上运动，夏季 12 月底至次年 1 月底，每周末都会有救生人员在海岸巡逻，保证游客安全。格里菲斯岛是野生鸟类的天堂，当地政府为了保护生态环境，只在岛上修筑小径供游客步行参观，不允许车辆通行，岛上标志建筑还有一座灯塔，可供游人参观。海上的主要鸟类是剪水鹱，它背上和翅膀表面的颜色是黑色，腹部和翅膀有白色绒毛，头顶到眼睛部分的羽毛是棕黑色的，每年 9 月至次年 4 月迁徙至此产卵抚养幼鸟。在灯塔边的海岸，还能看到野生海狮。格里菲斯岛与仙女港东南角的 Ocean Road 由步行桥相连，游客徜徉其中，恍若画中。

来到这里，加入仙女港小镇居民的欢乐艺术节之中，仙女港更吸引人的地方就在于，这儿每年都会定期举办一次为期 3 天的"仙女港民间艺术节"。节日期间，演员们从全国乃至世界各地赶来参加演出，成千上万的人也如同潮水般拥来观摩，为的是一睹澳大利亚"童年时期"各种类型民间音乐的精彩演出。仙女港民间艺术节每年的保留节目中，有两首风靡澳大利亚的歌曲列在名单榜首，这就是《莫顿海湾》和《福布斯大街》。乘坐"第一舰队"船只来到这里的欧洲人，大都是从 18 世纪末过于拥挤的英国监狱里遣散出来的罪犯，他们无奈地发现澳大利亚是个恶劣的居住地，气候难以适应，食物极度匮乏，还得忍受看守者的虐待。一旦"饱暖"问题解决，这些欧裔澳大利亚人就开始追求艺术活动了。活动之一当然就是唱歌，最初，他们唱"老歌""乡曲"，即从前在英格兰、苏格兰或爱尔兰的生活中喜欢唱的歌。相当多欧洲殖民时期的澳大利亚歌曲表现的就是这段生活，旋律或和声与移民们本国的老歌相同或相似。舞蹈大部分也是由移民们从世界"另一端"所熟悉的那些故乡舞蹈中改编而来，所有这一切都表明他们忍受着强烈的思乡之情的折磨煎熬和对英国爱尔兰音乐的无比留恋。

著名的、久唱不衰的《莫顿海湾》这样咏叹道："我现在远离了家乡的海滨／他们把我从年迈的双亲旁拖开／还有我那心爱的姑娘／我辛苦地干活／还带着铁链／在整个新南威尔士的劳役站中／莫顿海湾完全没有平等／每天都只是无法忍受的暴政……"

旅游者在此狂欢。在仙女港民间艺术节上，人们百听不厌的当然还有《福布斯大街》这首古老歌谣。台上的人"专业"地歌唱着，台下的人"业余"地哼哼着，台上台下交融在一起，人们仿佛又走在了福布斯的大街上。

当澳大利亚在 19 世纪晚期发现黄金后，人们从全世界各地如狂潮般拥来，淘金！淘金！淘金！掀起了世界范围内自美国旧金山之后的又一次淘金热浪，并由此孕育催生了如今澳大利亚的第二大城市墨尔本（别名新金山）。在寻找发财机会的过程中，有些人成功了，有些人则走上了犯罪道路，如偷窃获得成功的开采者的金条和钱财。这些人在丛林遍布的乡间牧场四处游荡，被称作"丛林土匪"。他们搞武装抢劫，有时还杀死受害者，引起人们的愤怒。福布斯是新南威尔士州中部的一个小镇，大名鼎鼎的"丛林土匪"本·霍尔神出鬼没的地方。传说本·霍尔原来是拉奇兰河地区一个遵纪守法的农民，后来由于官方的腐败，剥夺了他的财产，官逼民反，被迫过起丛林土匪杀富济贫的"梁山好汉"式的生活，所以在《福布斯大街》这首歌中，作者则把本·霍尔刻画成一个好人，只是由于不幸才变成了罪犯。这首歌把一个"强盗"当作"英雄"来讴歌，而且传唱下来，不被夭折，确实让人觉得有点儿不可思议。其实，这也恰恰最真切、最形象地表达了当时农牧民劳工阶层对殖民主义上层统治者的一种异化，一种叛逆，一种强烈的不可压抑的抵抗残酷剥削的反抗精神！

为历史而歌，仙女港就是这样一个展示澳大利亚移民时期经典民间音乐的地方。

在这里，人们还能尽情享受到像《我的蓝色天堂》《晚安，爱人》《我将在梦中见到你》《遥远的加利波里》等名歌名曲，表达了对和平繁荣及稳定生活的深切渴望，这种渴望是如今这些听众的老爷爷和老奶奶都曾强烈拥有过的。澳大利亚人说，这是艺术，这是传统，更是生活，生活里不能没有渴望，更不能没有为坦荡荡裸露渴望而引吭不息的老歌。这些老歌多以朴素的感情和炽热的笔调抒发伙伴情谊和人类尊严，并从怜惜的心态出发展示在殖民地的澳大利亚乡野里穷困的劳苦大众、开拓者们与大自然、富人、腐朽的法律、不公平制度和残酷暴政进行"幽默"斗争的情形，真实地表达了他们的喜怒哀乐和肺腑心声。

云海荡朝日，春色任天涯。这些历史的回声，在不同肤色旅游者的心中，久久回荡……

搭建民心相通的友好桥梁

　　公州市位于韩国忠清南道的东部中央地带，坐落于首都首尔以南150千米，曾为古代国家百济（前18年—660年）的首都，百济在同时代国家中有着最繁荣、最灿烂的文化，境内有无数史迹和历史遗物，其中公山城和宋山里古墓群被联合国教科文组织列为世界文化遗产，是韩国驰名的历史、文化和观光之都。

　　公州市最知名的庆祝活动就数百济文化祭，目的是传承百济文化，主要项目有纪念熊津、百济时期四位国王业绩的追慕祭、木桥、过桥、芦苇路散步等。其辖区内的公州市境内有大量史迹和历史遗物，是韩国著名的历史、文化和观光之都。瑞山市是百济时代佛教雕像艺术发达地区，拥有全国最大规模的肥沃农田和韩牛繁殖基地，以及在世界五大清净滩涂生产的最高品质的农水畜产品等，其大山港是距离中国最近的港湾。

　　扶余郡拥有234个百济遗迹和遗物的露天博物馆，始于1955年的现代百济文化祭，每年轮流在公州和扶余两地举行，已逐步成为韩国最具影响力的祭祀文化节会之一。泰安郡拥有韩国国内唯一的海岸国立公园，分布着114个大大小小的岛屿，珍藏着32个瑰宝级海水滩涂，是韩国最佳自然休养城市，遍地都是好景观，引得游客纷至沓来。

欣逢中韩建交25周年之际，第三届"中韩缘论坛"在韩国忠清南道公州市开幕，我随同来自中国、韩国的地方政府官员、专家学者、企业家及各界代表150多位嘉宾莅会。中国驻韩国大使馆首席馆员金燕光出席论坛开幕式并发表贺词，他称赞韩中文化友好协会为发展两国关系所做出的积极努力和突出贡献。忠清南道知事安熙正、公州市市长吴施德表示，希望中韩两国地方政府和民间在更多领域探索出新的发展方案并加以实践。韩中文化友好协会会长曲欢在致辞中说："今年是中韩建交25周年，也是韩中文化友好协会成立15周年，在此时刻，中韩两国友好人士汇聚一堂，共同分享两国在文化、旅游、地方发展和区域合作等方面的成功经验，促进中韩人文交流和友好关系的发展，具有重要意义。"

成果丰硕前景看好。论坛上，与会嘉宾就进一步推动中韩地方政府交流，分享两国在文化、旅游等领域取得的成功经验，促进韩中人文交流合作与友好关系发展，进行了深入、友好、广泛的交流。与会嘉宾倾听了中国贵州省、黑龙江省及韩国忠清南道、公州市各位政府代表、专家学者在促进中韩文化旅游方面的高见。公州市副市长俞炳德作基调演讲。贵州省遵义市副市长鲁成军、黑龙江省社科院东北亚研究所所长笪志刚、黑龙江大学历史文化旅游学院院长段光达、韩国公州大学研究院院长俞起浚、韩国韩中关系研究所室长李成制、韩国文化观光研究院研究员吴训诚等，都发表了精彩的演讲。

在陆续进行的"发挥文化旅游优势，打造全域旅游精品""激活中韩文化合作优势正当时"等主旨发言中，与会嘉宾分享了两国在文化、旅游、地方发展、区域合作等方面所取得的成功经验，并提出建议，答疑解惑，探讨未来双方进一步开展合作的潜力和方案，为中韩文旅合作及地方政府交流提供理论支撑和应用对策。十五年风雨兼程，"中韩缘文化节""中韩缘论坛"等系列活动年年推进，不断提升中韩两国人民之间的友谊。下一阶段，韩中文化友好协会将致力于通过茶文化、书法文化、少数民族文化等多方面交流，把民心相通的友好桥梁搭建得更加牢固。

本届论坛适逢韩国公州举办"第63届百济文化节"，公州市是韩国十大主题旅游目的地之一，拥有被列为世界文化遗产的公山城及麻谷寺等珍贵历史遗迹。在"百济文化节"开幕式上，与忠清南道结为友好省道关系的贵州省代表团献上精心编排的节目，别具一格的民族风情表演，不时博得观众阵阵掌声。"百济文化节"是韩国历史文化观光庆典，已成为世界性历史文化庆典活动。本届文化节以"与韩流元祖百济的相遇"为主题，以100多种文化活动展示、彰显百济文化的多元独创性。因特别邀请了韩国明星担任宣传大使，使得本届"百济文化节"更加令人瞩目。

在第三届中韩缘论坛上，"醉美遵义"亮相"百济文化节"。贵州省遵义市副市长鲁成军及市旅发委副主任梁卓从不同角度对遵义旅游进行了精彩讲解和精准推介，并向韩国民众发出到中国红都遵义旅游的诚挚邀请。在活动现场，遵义市专门搭建"醉美遵义"展台宣传展示遵义的好酒好茶、好山好水好风光宣传品及红旅集团提供的旅游纪念品，湄潭的"遵义红""湄潭翠芽"和仁怀的茅台酒，供现场的韩国民众观赏、品尝，感受"醉美遵义"的无穷魅力。此举进一步扩大了遵义在韩国的影响，所推旅游产品受到韩国市民喜爱，为"醉美遵义"深度开发韩国旅游市场奠定了良好基础。

"中韩两国合作成果丰硕前景看好"，这是第三届"中韩缘论坛"各方专家达成的共识。中韩一衣带水，两国交流源远流长。两国建交以来，中韩在经济、文化、旅游等方面广泛合作，充满生机。近几年来，中韩两国旅游业界携手再上新台阶，中国与韩国互为重要旅游客源国格局日益加强和提升，成果丰硕。

当论坛嘉宾来到忠清南道麻谷寺参观之后，无不对这个原生态旅游胜地发出赞叹。麻谷寺由慈藏创建于新罗 640 年，传说当年普彻和尚传法时，前来学习的众僧就像麻田里的麻一样布满山谷，遂得名。麻谷寺所在地的山和水呈太极形状分布，虽经历多次战争，丝毫未损。千年古刹至今保存完好，山门高悬"解脱门"三个大字，正殿全是木质榫卯结构。韩国人从小就受儒教文化熏陶，儒学渗透到日常起居的行为基因中。最引人注目的还有五层石塔，塔尖安装有圆形青铜装饰物，大光宝殿等整个寺庙建筑所散射出的浓浓汉唐遗风，给人留下深刻印象。

而观光位于公州的世界文化遗产公山城，则使"远眺"更有韵味，因为它宛若一段"万里长城"。公山城是百济时代代表性城郭，是守护熊津百济的王城。城墙长约 2.5 千米，有东西南北 4 个城门，分别为迎东楼、锦西楼、镇南楼、拱北楼，城中央有寺院"灵隐寺"。公山城旁的玉女峰是辅助王城，用泥土堆积而成。锦江在海拔 110 米的山脊和溪谷中穿行，公山城依江蜿蜒耸立。百济时代的熊津城，高丽时代的公州山城，高丽时代之后的公山城，是仁祖为了躲避"李适之乱"到达山城后建筑的，朝鲜宣祖和仁祖时期，改建成石头城，之后一直被御用。

公山城下，仿佛可以窥见和谛听到烽火岁月的历史踪影、兵啸马嘶！在城墙上游览，路虽然崎岖狭窄，但可欣赏到锦江旖旎景色。公山城融历史与文化于一身，具有较高观赏价值。当山上有人哼起小曲"阿里郎，阿里郎，阿里郎哟，我的郎君翻山过岭，路途遥远，今宵离别后何日能归来，请你留下你的诺言我好等待……"时，山下众人跟着伴唱，歌声越来越响亮，似乎从远古传来，又携江风飘向远方。

节庆期间，人们从浮桥走过，在锦西楼观看"熊津城守门卫兵换岗仪式"，一睹当年百济国王的凛凛威风，同时欣赏公山城神秘景色。甲寺位于鸡龙山延青峰下，于百济时期久尔辛王元年由阿道和尚所建，寺内有内院庵、新兴庵、大成庵、大寂庵、大慈庵等附属庵。除此之外，可参观游览的还有忠南山林博物馆、鸡龙山自然史博物馆、朴东镇说唱传授馆、林立美术馆、熊津教育博物馆、石壮里博物馆、东鹤寺、新元寺等。韩屋村设计则采用了传统暖炕，融合了环境型供暖方式和松树、柳杉集成材等环境型建材以及传统建筑风格和现代人所推崇的新韩屋结构，是理想的家庭旅行、修学旅行及政府团体研修地等观光休养场所。

从麻古寺游到公山城，作为中国人，很有自豪感：韩国的古代都是用汉字书写的，韩国的历史事件、社会发展都和中国密不可分。

如今，韩国正大力发展旅游业，在提升服务和便捷方面连推新举措，除延长团签免收签证费等政策外，还在 1.1 万个商铺实施"即时免税制度"，济州岛、江原道、釜山等热门旅游城市相继出台或签订无线网普及计划，济州岛内包括人气餐厅和景点在内的 143 个地区已经完成"Wi-Fi 热点"安装，无线网在今后五年内将把中国游客的消费提升至少两倍。韩国致力于提高旅游产业竞争力，对文化遗产的保护和文化传统的继承以及旅游产业的战略性培育非常重视，在提升国民旅游意识、创领健康旅游时尚之际，支持旅游振兴活动，开创附属事业为振兴旅游提供资金等等，有力地促进了旅游业的对外交流和创新发展。

搭建民心相通的友好桥梁，韩国古代诗人许筠早有诗云：肝胆每相照，冰壶映寒月。

去看看安徒生和"美人鱼"

　　山川异域，风月同天。中国游客不远万里，来看安徒生和"美人鱼"了：在浩瀚的大海深处，有个鱼儿的王国。海王有 6 个美丽的女儿，尤其是小女儿比姐姐们更美丽，她善良纯洁，有着美妙动听的声音。她们自由自在、无忧无虑地生活在大海里。老祖母有时会给她们讲些海上面的新奇故事，使最小的公主的心中充满了对海上面世界的憧憬和渴望。

　　"中丹旅游年"为中丹"民心相通"搭建了新平台，成为中丹人文交流深入发展的新标志。在旅游年里，中国组织旅游业界赴丹麦举行"万里茶道"主题旅游推广活动，邀请丹麦重点旅行商和主流媒体来华实地采风；丹麦也开展了一系列市场促进活动，如在哥本哈根举办"中国日"、在中国举办"丹麦日"，并邀请中国重点旅行商和主流媒体赴丹麦考察。这些活动的举办进一步拉动了两国旅游市场快速增长，为两国旅游业带来新的发展机遇。

　　我曾经做过一个民间调查，发现大家对丹麦竟然都不陌生，稔熟的两个指标没有悬念，那就是：安徒生和"美人鱼"。

遥远北欧，安徒生创造了"美人鱼"。是不是可以说，安徒生笔下的美人鱼是迄今人类童话故事中最美丽动人的形象之一？哥本哈根蓝色海滨的一尊铜像，凝聚了天才作家灵魂与精神的寄托，早已成为丹麦的国家象征。在《海的女儿》中，安徒生化身为"美人鱼"，她深爱王子，却只能沉默凝望，无声思念。为追求纯洁的爱，宁肯牺牲生命。在那篇童话中，美人鱼的死亡和重生交织在一起，断人心肠："太阳从海里升起来了。阳光柔和地、温暖地照在冰冷的泡沫上，小人鱼并没有感到灭亡。她看到光明的太阳，同时在她上面飞舞着无数透明的、美丽的生物。透过它们，她可以看到船上的白帆和天空的彩云。它们的声音是和谐的音乐……""去看看安徒生和美人鱼"！这成了许多中国人前往丹麦旅游最简洁和最真挚的表达。

安徒生用艺术笔触成就人鱼公主典范性的爱情悲剧，将人、人的灵魂塑造到一个崇高地位，她不仅怀着坚贞信念，而且还怀着浪漫主义的强烈激情。小人鱼苦苦追求的"不灭的灵魂"，其实就是安徒生理想中人的生命价值所在，有了这个不灭的灵魂。才能进入人生命的高级境界，而人的生命是只有追求与奋斗才能获得不朽的价值。从本质上说，她凭她坚强的意志、善良的心灵、细腻的情感、行为的勇敢和高尚的品格，一定要实现她的理想，只是有待时日而已。安徒生通过她的形象，提示应该如何正视这种"人"的地位，应该如何摆脱低级趣味，而真正具有了值得"人"的称号的高尚的灵魂。它浪漫、精致、优雅、美丽，极尽凄婉动人之状写，但绝不呼天抢地，而是内敛沉稳，甚至带一抹淡淡的忧郁的微笑，却把一份精致的忧伤悄悄地不绝如缕地缠绕在不同肤色读者的心上。这是一种安徒生式的艺术教化，堪称经典。

我以为，《海的女儿》在爱情、生态和生命等层面拥有深厚而广袤的伦理内涵，绝非一般意义上的浪漫主义作品。作品从反面告诉读者，年轻人在恋爱时不能全凭感觉追求虚幻的爱情，以失去自我和人格为代价追逐爱情，势必会与爱情失之交臂。人类活动不应违背生态规律，否则，人类不仅无法实现与自然和谐共存的理想，还可能酿成严重的社会悲剧。人类应该摒弃狭隘的利己主义计较，怀着利他的博爱情怀，苦苦求索，积极追随，才能实现人生价值和生命境界的升华。"海的女儿"其实是安徒生理想中的人的缩影。他相信拥有人鱼品质的"人"，一定能走向光明并创造美好生活。

早在19世纪，出于对中国的向往和探求，享誉世界的丹麦童话作家安徒生就曾创作出中国题材作品《夜莺》。1949年10月1日新中国诞生，丹麦是最早与中国建交的西方国家之一。中丹建交60多年来，两国旅游合作交流不断扩大深化，旅游成为维护与服务两国关系的重要抓手。有关中丹旅游一个口口相传的生动案例则是在2010年世博会期间，丹麦把旅游业的镇国之宝美人鱼铜像连同铜像的石座都不远万里漂洋过海一起搬进会场，将原汁原味的丹麦风情展示给中国游客。这是美人鱼自诞生以来首次出国远行，这是给中国的特殊礼遇和崇高荣誉！其间，数以百万计的中国游客得以几乎零距离亲近"养眼"美人鱼，从而大大地激发起远赴丹麦旅游的热情，中丹友谊源远流长啊。

丹麦旅游颇具吸引力，丹麦成了中国游客的最爱。首先是它在北欧各国中地理位置靠南，气候温和宜人，空气质量超好。在以童话著称的国度里，童话故事里走出来的美人鱼，复制出来的美轮美奂的城堡、庄园，更是吸人眼球所在。此外，丹麦的风车水流、田园农舍、别有韵味，这里还是购物天堂，退税率居北欧之首。如今，中国游客的丹麦游已从最早的走马观花提升到深度体验。不少游客不再喜欢"跟团"而偏爱"单奔"。传统的哥本哈根一日游早已落伍，越来越多的中国游客开始深度到访丹麦腹地，如北西兰岛、菲英岛、日德兰半岛等地，展开在"最幸福的国家"的"任意游"。

越来越多的中国人开始想要了解丹麦，用自己的眼睛去看、近距离去感受这个古老童话王国的别样魅力。

丹麦的卡隆堡宫被列入了联合国教科文组织世界遗产名录，在诸多关于这座城堡的传说中，最著名的当数莎士比亚所著的《哈姆雷特》。王子原名叫 Amleth，莎士比亚以这个丹麦传说为原型，创作了蜚声世界的四大悲剧之一《哈姆雷特》。王子居住过的城堡拥有巴洛克式的青铜尖顶，是文艺复兴时期的杰作。这里本该成为皇室住所，却在 1785 年成了军队营房。因而，当游人穿过城庭院，会发现耸立的加农炮台，在古旧城堡地下能看到士兵营房。除了环溯城堡周围的护城河，进入迷宫一样的城堡内部，辉煌瑰丽的宫殿、富有丹麦特色的各式挂毯、布满了天花板的精致绘画以及灯火昏暗的神秘地下城暗道，都是不虚此行的最佳"感叹"。

"丹麦最令人印象深刻的建筑之一"腓特烈堡宫，每当晨光熹微，这座文艺复兴时期的偌大城堡便同太阳一起在护城河中显影。古老的城堡可追溯到腓特烈二世的统治期，城堡就是在那时被命名的。随后，他的儿子克里斯汀四世出生在这里，这位历史上备受争议的国王屡战屡败，丢掉大片国土却热衷大兴土木，其杰作腓特烈堡宫的大部分就是他在 17 世纪初建造的，为丹麦王国留下的一笔宝贵遗产。游人可在此尽情鉴赏 400 多年前欧式宫廷中美丽的巴洛克式花园，每一个房间都是一件精致艺术品，设计考究的家具、色彩斑斓的挂毯、数也数不清的宫廷画，满眼皆是历史沉淀，细数百年时光，让人感悟深厚，思绪绵长。

乐高乐园被授予"幸福家庭魔法园"的美名，西部小镇、骑士城堡、海盗王国、埃及怪物大冒险以及企鹅极地，就进入了丹麦最受欢迎旅游景点排行榜。迷你大陆是乐高乐园的"镇园之宝"，2000 万块乐高积木拼接在一起，搭建了一个微缩丹麦城市，复制了全球级地标性建筑物，还原了星球大战电影中的场景。不仅是丹麦本国的地标，在这里还可以一睹自由女神像、雅典卫城和埃及神庙的风采。

还有白天与夜晚的"中国塔"，从 1843 年起，雅致的 Tivoli 就成为"迷人的梦幻游乐园"的代名词。灯火闪烁的中国塔伫立在这里，向来来往往的每位游客诉说着中丹两国源远流长的友谊故事。热闹的嘉年华游戏和露天舞台表演也为乐园增添了节日般的氛围。如果说，白天的"趣伏里"是一曲热血激昂的长歌，那么"黄昏之后"则是最浪漫的小夜曲：太阳悄悄低沉，仙女灯开启，各式文化活动展开，邻近的钟楼就像进入了经典的迪斯尼电影里，在月光下尽情翱翔。

　　哈默斯胡斯城堡遗址坐落在悬崖之巅，是 13 世纪古城堡遗址，也是斯堪的纳维亚半岛上同类遗址中最大的一处。该城堡被认为是在 11 世纪初建成，漫步在这个令人回味的地方，能享受到欧洲观光的无限乐趣。城堡建造从 1250 年开始，当时的博恩霍姆处于隆德大主教统治之下，他想要一个堡垒来保护他的教区与皇冠。于是，在接下来的几个世纪里，城堡被扩大，16 世纪中叶，广场塔的上层也被增加了，更加宏伟壮观。

　　屋中有画，等于悬挂了一个"思想"，斯卡恩博物馆就是这样一个充满思想灵光的地方。画廊里展示了 1870 年至 1930 年间在当地完成的杰出艺术品。艺术家们在 19 世纪中叶发现了斯卡恩的沙丘景观，钓鱼的浪漫形象也一直是他们关注的焦点。他们的作品构建了一个以生动和善用比喻专长的绘画风格体系，被国际上称为"斯卡恩派"。这里全方位展示了斯卡恩派艺术家的著名作品，画廊内还设有特色餐厅，在丹麦，美食与艺术品是更"搭"的哦！

　　中国"一带一路"大战略涵盖 60 多个国家，惠及人口超过 45 亿，不仅开辟出一条欧亚贸易的快速走廊，而且正在给区域经济乃至世界经济带来巨大机遇。丹麦素有"西北欧桥梁"之称，既是陆海地理要塞，又是周边经贸纽带，还是"一带一路"在北欧的重要驿站。中丹经贸关系友好，合作基础牢固，在促进中欧经贸合作发展中发挥着鼎足之力。借着"中丹旅游年"东风，两国巩固和发挥传统合作优势，挖掘新兴合作潜力，更有力地推动"一带一路"区域合作。同时，以丹麦中国文化中心、中丹学院等为人文交流平台，加强文化、科技、教育、旅游等多种途径的人员往来，促进了两国人民相互了解，增加了双方对彼此的正确认知，通过民心相融带动双方关系进一步发展。丹麦作为"北欧驿站"，将在"一带一路"经贸拓展中发挥越来越重要的作用。

如今，让中国游客享受高品质旅游，成为丹麦各方的共识，丹麦哥本哈根机场配有中文指示牌，著名旅游景点"美人鱼"雕像旁景点中文介绍是标配，哥本哈根有着百年历史的"蒂沃利"游乐园开通了中文网页，丹麦旅游局网站专门开设有中文网页向中国游客介绍丹麦旅游"万花筒"。此外，越来越多的丹麦旅游行业人员已开始接受有关中国文化的培训。为了照顾中国游客的饮食习惯，丹麦有不少地方"飘出了中餐的香味"，越来越多的酒店，中文电视节目随意观看。

一位丹麦汉学家对此回应道，借用孔夫子老先生的话来表达，叫作："有朋自远方来，不亦乐乎！"

蔚蓝色的巴厘岛

空气里弥漫着湿热，季节阵雨随意泼洒，蔚蓝色弥漫全岛。

印度洋上的这个小岛为亚洲生物带之最东，它东边的龙目岛就是大洋洲生物带了。当地有一个美丽的传说，上帝嫌印度洋太孤单，就拿了一把珍珠撒在印度洋上，然后又将和煦的海风裁剪成一条条细线，把这些珍珠穿在一起，穿成了一条项链。最后，从天堂里取来一块璀璨夺目的宝石，作为这串项链的吊坠，并给这吊坠取了个简单易记朗朗上口的名字 BaLi。

巴厘岛的旅游资源太丰富，有印度洋的波涛、美丽的海滩、热带森林、碧绿整齐的稻田、巍峨的火山和蔚蓝的湖泊，有古代王宫、印度教庙宇，巴厘岛还是印尼全国唯一全岛信仰印度教的地方。无数的神像和印度古代文化的遗存，到处都是剖割分明又对立统一的善恶之门，让旅游者大大惊讶于该岛人文景观的丰富性、多样性以及整个岛屿的美轮美奂。

巴厘岛是世界著名旅游胜地，也是印尼旅游业的领头羊，连续多年占印尼旅游业收入的一半以上。在巴厘岛，80% 的当地居民都从事旅游业，每年平均来巴厘岛的外国游客总数达 300 多万人次，酒店的入住率平均达 90%。巴厘岛的外国游客曾经以澳大利亚、新西兰、日本和欧美人为主，近年来，中国游客数量已占据外国游客总数的四分之一。北京、上海等经济发达城市来巴厘岛的游客大增，每逢春节以及"五一""十一"黄金周，京、沪两地都有新增包机直飞巴厘岛。

巴厘岛大部分为山地，全岛山脉纵横，地势东高西低。岛上最高峰是阿贡火山，海拔 3142 米。巴厘岛是印度尼西亚唯一信奉印度教的地区。80% 的人信奉印度教。当地的语言是巴厘语，也通行印尼语和英语。因为巴厘岛风情万种，景物甚为绮丽。因此它还享有多种美丽的别称，如"神明之岛""恶魔之岛""罗曼斯岛""绮丽之岛""天堂之岛""魔幻之岛""花之岛"等。

我来游岛时，正赶上巴厘岛居民过自己的新年——静居节，即安静日。这天要禁食冥想，有四个规矩必须遵守：不能吃饭、不能说话、不能工作、不能出行。没有商铺和餐厅开门，机场也停止运营一天。到了夜里，一片漆黑，电和蜡烛也是被禁用的。如果这天你在巴厘岛，请一定要遵守规矩，保持安静不要外出也不要用电，如果游客是非印度教徒可以不禁食，但是需要提前准备好当天食物。在静居节前一晚即巴厘岛居民的新年前夕，以村落为单位，在傍晚日落之后举行盛大的 Ogoh-Ogoh 大游行。Ogoh-Ogoh 的制作很特别，是由竹子嫁接而成的，然后再用油纸糊成一个一米至十米高的面目狰狞的凶神恶煞模样。岛上居民深信，Ogoh-Ogoh 能去除邪恶，净化并祥和人间。

巴厘岛因历史上受印度宗教文化影响，居民大都信奉印度教，但这里的印度教同印度本土上的印度教不大相同，是印度教的教义和巴厘岛风俗习惯的结合，又称巴厘印度教。居民主要供奉三大天神（梵天、毗湿奴、湿婆神）和佛教的释迦牟尼，还祭拜太阳神、水神、火神、风神等。教徒家里都设有家庙，家族组成的社区有神庙，村有村庙，全岛共有庙宇12.5万多座，因此该岛又有"千寺之岛"之美称。神庙中最为著名的当数拥有千年历史的百沙基陵庙，陵庙建在称为"世界的肚脐"的阿贡火山山坡上，以专祀这座间歇喷发的火山之神。陵庙的层级石雕建筑，与柬埔寨吴哥窟如出一辙。

印度婆罗门教的海神庙坐落于伸进海中的一处断崖，涨潮时，海水淹没周边，变成一座火山岩孤岛；落潮时，周边海水退去，断崖与基岸衔接的石脉显露出来，又变为半岛型岬角。海神庙是典型的火山基岸，火山熔岩像千层万层饼般压缩在一起，又似江河一样从各个方向流泻入海，形成千奇百怪的巨型礁盘。千百柱水花跌落下来，潮水奔腾漫卷海岸，涌进火山岩崖的穴洞之后便无影无踪，过了很长时间，又像河流一样从穴洞中倒灌出来，汇入后续而来的潮流。巨岩下方的岩壁里传说有很多海蛇，被认为是此寺庙的守护神，能防止恶魔入侵为害。海神庙很火，在这里无论何种肤色，都会因共同沉浸观摩这壮观的寺庙而失去陌生感。各种图腾和佛像，让没有宗教信仰的游人也兴致盎然，一探究竟。供奉的大多数神位被用黄布、红布、格子布围起来了，据本地导游称，神坛空无一物是因为巴厘岛的印度教徒们所敬仰的神深藏于心底深处，他们认为神是无形的，且无处不在，正如中国俗语"举头三尺有神明"和汉地佛教"佛在心中"的说法相类似。

塔曼阿云寺是巴厘岛第二大寺庙，已经申请世界遗址。"塔曼"在印尼文中是"池中花园"，不负此名，塔曼阿云寺果然大气中有婉约，恢宏而又精致，随处可见的众神石像，带有浓浓的巴厘岛风味。寺庙不仅拥有别具匠心的建筑与设计，还是个郁郁葱葱的花草世界，极具视觉冲击力。这座皇家园林寺庙，被雄伟的护城河围绕，愈散发出浓浓的尊贵气息。园林座座供奉神主的宝塔，高低不等，祭塔基本都是这种层状结构，塔层为奇数，塔层越多越象征着其至高无上的地位，承载着越多的精神寄托，游人可以见到的护法神造型既威严又凶狠，岛民认为："只有比妖魔更狰狞，才能镇得住妖魔！"

巴厘岛英雄纪念碑坐落在登巴萨广场，这是一个为争取印尼独立抵抗荷兰帝国殖民主义的英雄而修建的抗荷勇士纪念碑。整个建筑物采用印尼特有的佛塔建筑，纪念塔内部则是陈列馆，周边庭园优雅迷人，其建筑外观雄伟壮丽，四面环水，黑色厚重，沉稳堆砌。走进高耸突兀的院门后，里面别有洞天，中央有一个水池流水潺潺，水池中是盘旋而上的红色木梯，拾级而上可以上到最顶层，也就是这座城市的制高点，整个环登巴萨广场的风光尽收眼底。

圣泉庙是"千寺之岛"巴厘岛上著名的庙宇之一，因寺庙环绕圣泉而建，故名。千百年来，岛上居民多在此请圣水回家祭拜，说这水能带来"财富和健康"。石头圣龛上早已是苔痕斑斑，而泉涌一如当年。从这里可以看到巴厘岛所有寺庙的特点，骨骼装饰与象牙雕刻，贝壳饰品更受瞩目。传说在英特拉神和马亚连那瓦魔王对战时，英特拉神为了挽救被魔王毒死的村民，以大地之杖令不老之泉涌出，进而使被魔王毒死的臣民起死回生。圣泉寺几乎是每个旅游者必到之处，圣泉涌出地面的情景很是动人，石垒水池池底遍布黑色细沙，泉眼处水涌沙舞，如硕大黑牡丹盛开在倒映着蓝天绿树的清水之间。

源于宗教上的阶级制度，在巴厘岛依然存在。但如同岛民信仰宗教的态度，凡事圆融的岛民对于阶级制度也不似印度人那般严苛死板，在岛上各个阶层不仅平起平坐，用词遣字更不局限是高阶语、低阶语，随着经济力量的渗透拓展，以往明列在名片上的阶级封号，逐渐被傲人的学历、经历所取代。岛民对自家人不问出身，对外来客不分来处，纯真的随和态度构筑起人们共同信赖寄放心灵的休憩站。可贵的是，岛上一年接待百万访客来去，可依旧不改颜色，沧海仍是，桑田犹在。

乌布曾经只是座小村庄，早在 20 世纪 30 年代，乌布的名字就在西方艺术界广为流传，享有颇高知名度，直到今天仍经常有很多艺术学家从世界各地来到乌布寻找创作绘画和建筑灵感。在圣猴森林公园，小猴子算是半个巴厘岛人，看到小猴吃了他们香炉里的祭祀食物，当地人不会责怪，反而越觉得这是与自然动物相处的和谐之道，万物皆有灵性。来到乌鲁瓦图寺，情人崖的故事总会在这里上演，平行宇宙，绚烂爱情，唯有以死明志方能淋漓尽致地体现。巴厘岛一路上每隔十里就能遇到祭祀的当地居民，就像一日三餐，岛民已一日不可无祭扫与祷告，小小的家庭方圆几里都有寺庙环绕，也是每一家岛上家庭的"福分"。

巴厘岛民风淳朴，待人友善温和，岛上住家，家家都很虔诚地在门口摆放一个棕叶编织的供品借以祭神。岛民崇拜椰树，认为椰树是神，所以大都建造平房，再高也高不过椰树，信神且敬神的信念便被这样强烈地表现出来。岛民还在自家院子里修建神庙，造型便是一座座小塔，认为"神庙很神圣"，小孩出生和老人过世都是在此进行，所以认定"家里神是最好的"，就裹上黄布，街上的神是不知好坏的，就裹上黑白布，但不管好坏，只要是神就要拜，则是雷打不动的信念。

在唯美的金巴兰沙滩，海浪如一条条银白色的长线从海面滚滚而来，打在礁石上溅起雪白浪花，浪花碎玉般溅开，像一片片白梅花瓣落在海中。一眼望去，从近到远颜色各不相同。最远处是一片蓝色，中间层为绿色，最近处则是黄色，真是一幅绚丽多彩的水粉画。海水一浪接一浪，冲向无垠的金色沙滩。沐浴着温暖的印度洋海水，满目充斥的是绿色热带雨林和遍地树丛野花，令人感到身心无比放松和分外惬意，这种人海相融的浪漫赶走了尘世间的一切烦恼与忧愁。

记得有位作家曾说过："我们每个人都是一座孤岛，我们在漂流途中，偶然与另一座岛屿相遇，可能我们从此彼此相连，成为大陆，可能转瞬擦肩而过，永不相交。"

巴厘岛的旅行，实实在在让不同肤色的人们"成为大陆，彼此相连"。

湄南河从这里奔腾流过

青山一道，同担风雨。

中国与泰国是近邻，有着两千多年的友好交往历史。中泰两国在政治、经济、文化、旅游等各个领域频繁交流，相互促进和携手发展。中国"一带一路"蓝图实施建设中，泰国不可或缺，占有非常重要的地位，对泰国文化的研究成为"一带一路"文化研究的重要一环。

湄南河又名昭披耶河，是泰国最主要的河流，泰文意为"河流之母"，全长 1352 千米，流域面积 17 万平方千米，在曼谷附近流入曼谷湾，注入太平洋，被称为"母亲河"。湄南河孕育的泰国佛教历史悠久，自 13 世纪至今，佛教一直是国教，90% 以上的居民信仰佛教。佛教在泰国的政治和社会生活中举足轻重，对泰国历史和文化产生持久而深远的影响。泰国宪法规定，国王必须是佛教徒。依据泰国传统，每个成年男子一生必须出家一次。拉玛六世制定的泰国三色国旗，其中红色象征人民和国家，白色象征佛教，蓝色象征王权。

在泰国旅行，我深深领悟到，湄南河畔的佛教王国，这是一个典型

184

的东方佛教国家，泰国文化强烈折射出佛教影响。佛教对泰国人而言，不仅是一种宗教信仰，早已上升到哲学高度，全面融入社会生活、思想文化的方方面面，促使泰国人的思想、道德和价值观念的形成与巩固。泰国佛教是一个意涵丰富的文化体系。一方面，泰国文化受东方文化渗透，小乘佛教长期熏陶泰国，中泰两国地理位置上相距不远，两国人民在长期互相交往中，文化相互渗透。另一方面，自19世纪以来，几乎整个东南亚都沦为西方列强的殖民地，泰国却是唯一保持独立的国家，夹缝之中，其文化不可避免地受到西方文化影响。在东西方文化长期渗透、融合过程中，一种独特的泰国文化便演化形成，成为现代社会重要的文化特质和民族精神。

行走泰国，切身感受了形式多样、五花八门的节日，以及泰国人的家庭、社会和国家核心价值观。人们强调尊老爱幼，对家庭或家乡拥有强烈认同感，各种佛教节日敦促人们加强自身道德修养，而对国家认同最集中地就表现在对国王的尊崇上，城乡各地到处可见受到行人顶礼膜拜的国王巨幅彩色画像和高耸的雕塑。泰国人等级思想根深蒂固，直至今日这仍是泰国区别于其他国度的重要特征。泰国人日常所使用的语言由他们说话对象的社会地位决定，语言和行为方式是依据特定情况转换的。对于大多数泰国人来说，判断一个人的身份是为了按相应规则办事，而不是为了超越。受佛教与婆罗门教的深远影响，泰国人有着等级严格的礼节礼仪规范，加上在历史中早就形成的社会等级观念，在泰国人头脑中早已固化了"以下敬上"的思想观念，因此他们特别注重礼仪规范，在公众场合，人人都温文尔雅，遵守社会规范。泰国人与我会面时，不是握手而是施合十礼。我还礼时，也必须双手合十，放至额到胸之间。在泰国，地位较轻或年纪较轻的人都是主动向地位较高或年纪较大的人致合十礼，双手举得越高，表明尊重的程度越深。只有和尚不受约束，点头微笑致意即可。

距曼谷 80 多千米的大城，与中国的圆明园命运类似，曾是泰国历史上辉煌一时的王朝国都。驱车北上到此，却颠覆了我的感官！这怎么几乎是一个由废墟构成的城市呀？穿越浮华盛世的尘封，大城建于 1351 年，后成为暹罗首府，直至 18 世纪，历时 417 年。17 世纪初，大城已是亚洲最富庶城市之一，人口百万，控制着大宗外贸交易，来此交易的商人不仅有中国、爪哇、马来西亚、印度、斯里兰卡、伊朗、日本人，甚至还有葡萄牙、法国、荷兰人。欧洲人在早期文献中敬畏地说这里有价值连城的 2000 座镀金尖塔式庙宇，今天看到的玛哈泰寺、柴瓦塔娜兰寺、帕蒙空博碧寺、帕席桑碧寺、罗卡雅苏塔寺等等，无一不在其中。

　　玛哈泰寺是大城最著名的景点之一。置身于此，四处瞭望，会发现曾经的 209 座塔、10 处僧院组成的庞大建筑群，如今大都破落，但仍能呈现出当年一座座素可泰风格主塔和高棉风格小塔堆砌而成的轮廓模样。遗址群中间主塔高达 44 米，是大城最早建成的高棉式佛塔之一。寺中的"树抱佛"乃泰国七大奇迹之一。菩提树下，树根缠绕佛头露出慈祥面容，大佛的眼睛凝视着脚下的湄南河和这片饱经风霜的土地，四周一片经历过历史洗涤后的宁静。几百年后，佛闭目含笑的模样一如既往地温暖着我这虔诚的东方旅行者。

　　位于大城古王宫遗址内的菩斯里善佩寺，被联合国教科文组织誉为"莫高窟第二"，是目前世界上仅存的三座建于 15 世纪的佛塔。彼时泰国国库充足，百姓安居，乐不思"卫"。没有重视国防的结果，被邻国缅甸军队在 1565 年大举入侵，不仅盗走无数金箔珍宝，还放火烧毁了整个寺院，命运与中国圆明园何其相似乃尔！侵略者将整座城池及佛教建筑和艺术品毁于一旦，剩下散落的珍贵佛像、精美雕刻和宫殿残瓦，它们以顽强的生命力度过漫长时光，才有了今天留给世人神秘古朴而悲壮凝重的印象以及佛的永恒微笑，更留下一个放之四海而皆准的警示：忘战必危！

大皇宫相当于北京故宫，其乃王朝象征，是泰国规模最大的古宫殿建筑群，紧偎湄南河。宫廷建筑以白色为主，风格主要为暹罗式，四周筑有白色宫墙，是曼谷王朝的象征，见证了泰国辉煌的历史，从拉玛一世到拉玛八世均居于此。现在，大皇宫除了用于举行加冕典礼、宫廷庆祝等仪式和活动外，成为泰国最著名的游览圣地。我来到大皇宫，宫殿看了28座，其中节基宫、律实宫、阿玛林宫和玉佛寺最为著名，从东向西一字排开，一色的绿色瓷砖屋脊、紫红色琉璃瓦屋顶、凤头飞檐。大皇宫囊括了泰式建筑的一切奢华和精髓，体现出深厚的泰国文化，极具东南亚风情。环绕玉佛寺走廊的178幅壁画，讲述的是"罗摩王"。这是一个根据印度文学作品《罗摩衍那》改写的神话故事。罗摩王是婆罗门教三大天王之一"那罗延天王"的化身，一次罗摩王带美丽的"悉达王妃"到森林打猎，夜叉国的十颈夜叉王打算将王妃抢走，引起一场人魔大战。结果夜叉王大败，王妃获救。壁画中有许多魔幻元素，譬如一个神吐出巨大舌头为屏障，以此来保护整个城市。

　　玉佛寺是国王供奉玉佛像和举行宗教仪式的场所，寺内有玉佛殿、先王殿、佛骨殿、藏经阁、钟楼和金塔，玉佛殿正中的神龛里供奉着被泰国视为国宝的玉佛像。摩天宫殿群由因陀罗殿、伟大护国神殿和乍伽博碧曼宫组成。因陀罗殿以前是国王临朝听政之地，现在是举行重要典礼的场所。伟大护国神殿里供奉着由黄金铸成的"暹罗护国神"。四世皇在位时，感到泰国立国以来内忧外患发生都能渡过难关，似乎暗中有神帮助，于是建此殿。乍伽博碧曼宫是一、二、三世皇起居处，后来凡是举行加冕大典的国王都要在此住一晚，以示开始处理朝政。值得一提的是，这些宫殿门口都有中国式石狮和读书人雕像，宫门则有点像四合院大门，上面的瓷砖据说产自景德镇，令我感叹：泰国宫殿也有中国的影子啊。

　　从曼谷往南行车三个多小时，就抵达了小众化海滨小镇华欣，这是皇室与平民共享的小镇。华欣隶属于巴蜀府，与芭堤雅隔海相望。这里是泰国王室首选度假地，皇室贵族们每年都会到此住一段时间。那为什么要说这儿有平民味呢？因为华欣的各类消费都很实惠，非常平民化，人也善良友好，这样就把皇室贵族和平民大众很好地融合在一起了。

火车站是华欣给予游客最大的惊喜，因有其特殊的历史地位和象征意义。该站建于拉玛六世，为国王巡幸而造，虽然不大，但华丽如皇宫一般，勾勒出浓浓的泰国建筑特色。别致的热带风情使其成为泰国最美的火车站，它的建成带动了华欣的发展，如今成为一座怀旧火车站，更多游客愿把这里当作一个旅游景点。火车站里陈列着皇室乘坐过的旧机车车厢和国王及诗琳通公主视察车站的照片。我徜徉站台中央，一边尽情拍摄美景，一边注视着身穿制服的铁路工作人员举灯摇旗的"迎宾动作"。少顷，前方传来汽笛声，游客们开始准备登上驶往春天的列车。

华欣夜市也是必去之地。Cicada Market 是一个以艺术、手工艺品、画廊为主题的露天夜市，还有啤酒花园、现场音乐表演和海鲜大排档。夜市在每周五、六、日开放。夜市的每家店生意看上去都很好，这里的文创产品很赞，个人认为是泰国现代文化创意产业的缩影，特别适合年轻潮人去逛去买。毕竟我来这里主要是享受美食和海鲜，大快朵颐，我最终还是选了网红海鲜店，物美价廉的"海吃"让我至今难忘。

中泰民间文化交流非常密切，中国人对泰国文化比较了解。泰国的中餐馆星罗棋布，生意非常好，泰国人也非常喜爱中餐。两国宗教交流不一般，历史上中国曾经是佛教文化传播中心。我在泰国拜谒了两座中国大乘佛教的著名寺庙普明寺和龙莲寺。泰国曾与洛阳白马寺合作，在中国建立起一座泰国风格的小乘佛教寺庙，这是两国宗教文化交流的可喜硕果。中国电影《泰囧》为"中泰友谊做广告"，让中泰关系"亲上加亲"。泰国的很多电视剧及电影赢得无数中国"泰粉"，"泰剧潮"已成为连接两国人民文化的纽带就像常春藤一样，青春永在。

天很高，海很深。如今，中泰两国关系走上合作快车道。双边贸易保持高速增长，双向投资呈现大幅增加，中国是泰国最大出口市场，泰国是中国最大天然橡胶进口来源地。双方在文化、旅游等方面深化合作，人员往来规模不断扩大，中国已成为泰国最大旅游客源国。泰国在东盟国家中第一个与中国建立战略合作关系，在中国－东盟自贸区建设过程中，第一个建立起中国文化中心。泰国作为中国在东盟的协调国，在同中国的合作方面具有地区示范意义，走在中国同东盟国家合作的前列。中泰一家亲正是真诚互动的结果，并将不断推动中泰全面战略合作伙伴关系迈上新台阶。

泰国古城

　　说起到泰国旅行度假的热门选地，人们总是首选曼谷、清迈、芭提雅、普吉岛等地，数典那里的或金碧辉煌，或热力十足，或阳光沙滩，或文艺清新。其实，泰国人很虔诚地对我说：如若没有去过华欣、大城、素可泰，就不能说你见识了真实的泰国。我也坚信：美是一种选择，甚至是一种放弃，而不应是贪婪。

　　华欣让旅游者热衷的原因，是因为这里有泰国王室的背书——一百多年来，华欣一直是泰国王室的行宫所在。当年华欣还只是个被称为"乱石"的小渔村，后来被拉玛六世选中，建造铁路和行宫，从此成为皇家度假常住地。所以泰国人讲，华欣就是一座因拉玛六世与泰国王室而诞生的城。

　　在普密蓬国王皇宫北侧，有一处老皇宫为拉玛六世时所建，现在也对旅游者开放了。拉玛六世皇宫风格简朴雅致，是拉玛六世为王妃所建，期待王妃在这里为他生个小王子继承王位，故取名"爱与希望之宫"。拉玛六世13岁时到伦敦学习英、法语，后又在英国桑赫斯特皇家军事学院和牛津大学攻读军事和法律，是泰国历史上首位留洋国王。旅游者进入皇宫参观，要穿过膝长裤或裙，此规矩与曼谷皇宫一样。行宫采用上等建材，典雅大方，带有殖民风格。由1080根泰国上等柚木建造，支撑起16栋木制高脚宫殿，以杜绝地面湿气，宫内房舍由长廊连接，从陆地延伸至海滨，宫中格局保有当年皇家书房、起居室、客厅等，长廊尽头是视野极佳的观景房，皇宫周围园林环绕，古木蔽日，碧海云天。

拷汪行宫位于佛丕府城境内又称"帕那空奇里"，泰语"山中之城"的意思。而拷汪行宫确实建于山峦之巅，当时拉玛四世非常喜欢此地，认为这是钟灵毓秀之地。行宫外观没有泰国传统行宫的金碧辉煌，只是融合了19世纪的泰式与中式建筑特点，颜色圣洁纯白，散发着古老的艺术气息。行宫隐藏在苍翠欲滴的山林之中，在蓝天绿植的映衬下宛若童话故事里的白色城堡。我来之前曾被温馨提示：要不别吃东西，要不带上吃的，并不是景区不让吃，而是因为山上随时有猴子出没，这些猴子像强盗一样会抢游客的东西，"此山王"要让游者留下"买路钱"啊。

我来大城就是为"穿越"回到昔日的泰国。泰国人所说的大城就是指古都阿瑜陀耶（Ayuthaya），是泰国曾经最辉煌的阿瑜陀耶王国故都，距曼谷约100千米。大城古城始建于1350年，坐落在泰国母亲河湄南河畔，追溯古城前史，当时泰国暹罗王朝打败高棉帝国，正值鼎盛时期，遂将其命名为阿瑜陀耶，梵文意为"固若金汤之城"。华侨称之为"大城府"。飞黄腾达时期的大城，大兴土木，修建了很多庙宇、宫廷和佛塔，然而满城富贵金甲，焚毁只需眨眼一霎，18世纪的缅泰战争，让这儿只剩下废垣断壁，月光残照。

我有个观察，历史上凡辉煌过的城市往往临水而建，大城亦如此。幸运的它被三条河流环绕，发达的水路交通和金碧辉煌的佛寺建筑让大城的名声享誉整个东南亚。大城作为泰国历史上最长久的王朝（1350-1767）首都，16世纪已是亚洲最富庶的城市之一，举世仰望、万方朝圣，鼎盛时期约有 100 万人口，林立的佛寺、瑰丽的皇宫，文化、艺术及国际贸易均非常发达。可惜在历史巨轮面前，再强大的皇朝也逃不过被碾压的命运。1767 年缅甸军队攻陷大城，烧杀抢掠，野蛮浩劫让这强大无比的王朝顷刻崩塌……

大城历史悠久、人文厚重，汇聚了泰国宗教建筑的精华，比起曼谷游人如云的寺庙来说，这儿更有空旷深邃的思考意境、凄凉凝重的历史遗迹。大城的建筑类似柬埔寨吴哥窟，残留的高大墙壁，依稀可触摸当年的典雅辉煌，可惜被缅军焚烧一空，留着残破相貌，供后人凭吊，不胜悲怆。

阿瑜陀耶王城遗址被联合国教科文组织认定为世界文化遗产。大城的 33 位统治者受高棉天授神权思想及古老婆罗门教教义影响，建构壮丽美观的宫殿和雄伟万千的佛寺、皇宫，所残留的历史古迹仿佛仍在幽幽诉说昔日耐人寻味的繁华过往，让人细细品味追古溯今和穿梭时空之凄美。

在大城王朝的黄金时代，这里有皇宫、寺院 300 多座，如今尚有不少佛塔保留了完整外形。风格迥异的佛塔，历经沧桑的佛寺，乃是孕育泰国文化的摇篮，其壁画与建筑风格至今仍然影响着整个泰国。我一路拍摄过去，斑驳的佛塔、宫殿的残柱、残墙、兀立的浮屠，古迹断断续续，却又绵绵不断，不禁感叹古城其浩大，惋惜古城其衰落。

亚柴蒙考寺的佛塔高达 72 米，旁边几座小佛塔，有的已损毁塌陷，但主塔依然屹立于天穹之下，非常壮观。佛塔前方长达 28 米的白色玉石卧佛，在废墟环绕中披着黄色的袈裟安详侧卧，怡然自得地躺在阳光之下，淡然凝视脚下跃动的湄南河，让游人感受到另类的平和与超脱。拉嘉布拉那寺就在玛哈泰寺旁边，仰视高棉式佛塔，穿过只剩下一面墙壁的大门，掠过支离破碎的佛陀和围墙，我进入了遥远古代。站在柴瓦塔那兰寺，有一种到了柬埔寨吴哥窟的错觉：布局相似，方形围墙、多层回廊、中心和四周高耸着佛塔，玉米形状的主塔是典型的高棉式风格砖塔建筑，陡峭阶梯，红色砖瓦衬托出庄严典雅，镂刻精湛，明显受到天授神权思想及古老婆罗门教教义影响。目睹兀立浮屠，残柱残墙及断头断臂佛像，血脉偾张，强烈震撼，由哀伤悲切体悟到冷兵器时代战争之残酷，朝代更迭之无奈，辉煌与覆灭，弹指一挥间！

在大城众多的宗教文明奇迹中，前史最悠久的寺庙，当数玛哈泰寺，整个建筑群透出王室宗庙气势，最有名的莫过于神奇的"树抱佛"景观，当年缅甸军队洗劫大城时，佛像上的佛头被砍落到菩提树下，岁月更迭使它与树枝逐渐交融一体，从正面看，透出威严；从侧面看，露着微笑。一个令人心生敬畏的镜头就是奇特的"树抱佛"，感觉是大自然和宗教的一种完美结合。泰国人反复强调，与佛头合影一定要蹲下，不可比佛头高，以示对佛的尊重。传说缅甸军贪图玛哈泰寺中身镀黄金的佛像与佛塔，用大火焚烧，令黄金与石部分剥离，热胀冷缩造成佛像头部、手脚断裂。在那场血雨腥风中，曾经无比辉煌美丽的宫殿和寺庙，灰飞烟灭，残缺不全。经过几百年生长，树根便与佛头自然缠绕在了一起。佛头在菩提树中挂着淡淡微笑，仿佛看尽一个王朝的风云变幻与世事兴衰，流露出那洗尽铅华的安详及与世无争的容颜，吊古伤怀，只有仰天长叹！经过岁月洗礼，佛头与树结为一体，成为"树抱佛"的奇观，又被称之为"永恒的微笑"。这最美的"树抱佛"，不仅被视作大城景观的最佳代表作，更被誉为泰国"七大奇迹之一"。

佛祖依旧在，弟子何处去？当地人依旧有来此祭拜祷告的习俗。走在遗址的路上，仿佛走过历史长河，历史沧桑变化，再辉煌再绚烂，终究要归于虚无。古迹无言，却诉说着一个又一个历史故事，它们都是历史见证者，见证过大城的兴衰演变，烽火硝烟，如今依然默默伫立，虽已是天朗气清，惠风和畅。

素可泰（Sukhothai）是泰国首个王朝素可泰王朝首都，位于泰国以北中央平原上，泰语意为"快乐的开始"。13 世纪到 15 世纪，泰国历史上称为"素可泰王朝"，素可泰就是泰国王朝历史的开端之地。随着素可泰王国的建立，其势力范围由今日缅甸、老挝一直伸展到马来半岛，在这一过程中素可泰一直是这种扩展力量的精神支柱和坚强堡垒。随着南部大城的建立，素可泰王朝逐渐走向衰落，取而代之的是"大城王朝""吞武里王朝"。我看到，这是一座建于七百多年前泰国"黄金时代"的历史古都，一处由一百多座寺庙、佛塔的遗迹组成的庞大废墟，一个只余断碣残碑却仍然接受人们虔诚供奉的灵魂居所。

素可泰遗迹公园是素可泰王朝史迹的精华所在。由于泰国人笃信佛教，园内到处可见佛祖坐像，有逾百佛寺、佛塔及逾千尊佛像，但不少宫殿与庙宇在大城王朝战役时被毁，加上年久失修，几成残墟。建筑宏伟庄严，造型叹为观止。这些宗教建筑的大量存在，一方面表现出当时王朝上下对佛教的忠诚，另一方面佐证了当时国家稳定、富足繁荣。素可泰古城被列为世界文化遗产后，历史遗迹得以完整保留下来。素可泰古城有三层同轴心护城墙，两条同轴心护城河，东南西北各有一个城门，城内有 20 多处历史遗迹。环绕古城 5 千米的半径内则有 70 多处历史遗迹，通过遗迹可了解当年泰王朝制度、建筑与艺术水准，而寺庙与佛像在造型与线条上，都颇具原创性。

素可泰古城宁静安详，远离喧嚣，可心无旁骛地观览七百年前之泰国。在历史演变过程中，这里扮演了一个非常重要的角色。我在博物馆浏览到一组石刻碑文，"立此存照"当年王朝辉煌："素可泰是美好的。水中有鱼、田中有米，皇帝不向人民抽税……他们交易大象也可，买卖马匹也可，交换金银也可，人民的面孔闪耀着神采。"

沙潘欣寺安静地隐秘在树林深处，可见清澈湖水及远山，风景唯美。索拉萨克寺里有一座素可泰时期非常普遍的斯里兰卡型佛塔，其基座为 24 头白色大象，整座佛塔由 24 头大象托起，基座由大象造型的支撑物围

194

绕。沙西寺建在湖心小岛上，伴有椰子树长长的倒影、绿绿的草坪、静坐在仅存石柱的殿堂里的坐佛，而最动人的则数那尊行走佛铜像。佛身形饱满，线条流畅柔和，右手下垂，指尖微翘，左手抬起，摆出一个说法印的手势。佛的形象一改往日严肃，变得曼妙多姿、出尘脱俗，分外生动。金池寺历史久远，为素可泰六世国王修建，旁边就是兰甘亨博物馆，寺庙中有精美灰泥浮雕。该寺坐落在一个大莲花池中央，池塘上有座小桥通往寺庙，这个小小的池塘正是泰国大大水灯节的发源地。

彩霞满天，小城日落壮美。当我辞别素可泰时，阳光投射到佛像上，闪出耀眼光芒，庄严的佛像剪影显得那样慈祥，那般神圣。

"波罗的海之虎"

爱沙尼亚是一个超小众国度，这里的艳美景色也许还没有被人们完全发现。这里有一半的国土都是森林，还有众多的岛屿和湖泊。早晨这里的雾气很靓丽，处在浓浓雾气中随手一拍都是美丽的大片。

为庆祝中国与爱沙尼亚建交 25 周年，"揭开多彩北欧面纱，欣赏爱沙尼亚之美"活动在北京举行。这其中穿插有爱沙尼亚旅游推介会、钢琴演奏会、现代艺术展等。为期一周的活动全方位展现了爱沙尼亚的文化、艺术、美食及旅游。让人们见识到爱沙尼亚悠久的历史与丰富多彩的文化积淀，以及这个新欧洲国家重要的旅游目的地为游客提供的更加多样化的欧洲旅游体验与价值所在。

爱沙尼亚共和国是个北欧国家，面积 45339 平方千米，人口 134 万，濒临波罗的海，自然风光旖旎秀美，拥有独特的历史、语言和文化。"爱沙尼亚"在波罗的语中意为"水边居住者"，其国名来源于古罗马历史学家塔西佗之著作《日耳曼尼亚志》。由于高速增长的经济，资讯科技发达，旅游业新的崛起，爱沙尼亚又被称作"波罗的海之虎"，世界银行将爱沙尼亚列为高收入国家。

爱沙尼亚旅游资源丰富，森林覆盖率达到51%，境内湖泊、沼泽众多，森林、沼泽、湖泊、河流几百年来少有人为破坏。湖泊岛屿星罗棋布，中世纪古城堡、国家公园、海边度假胜地都是游客向往之处。澄蓝的湖泊和碧透的绿地，古老的都市风情系着无尽乡愁。最著名的有"夏都"帕尔努、大学城塔尔图、神秘萨列马岛和拉赫玛国家公园。爱沙尼亚还是很多欧洲国家的后花园，尤其是北欧国家芬兰、瑞典，每天都有数班大型客轮往返于塔林与赫尔辛基、斯德哥尔摩之间，巨型客轮成为波罗的海的一道美丽风景线，旅游业在爱沙尼亚国民经济中占有重要地位。

塔林作为爱沙尼亚的首都最早记录于1154年，这使塔林成为北欧地区最古老的首都。塔林海岸线绵长，有三个较大半岛，分别是高普利半岛、巴扎斯萨尔半岛和卡古马尔半岛。在此能观赏到塔林最大的湖泊莱米斯泰湖，其河谷因自然秀丽的湖光山色而被列为保护区。文化古城塔尔图的起源可追溯到13世纪，到后来这里发展成为汉斯同盟的主要中心。它最引以为豪的是展现给人们的绚丽多姿的公共建筑：那些高大巍峨、神圣庄严的教堂，以及许多古老建筑的别致结构。尽管它们多次遭受雷火与战争劫掠，却仍然保持了永久魅力与风采，它们是爱沙尼亚最富特征的建筑标志。

塔林是北欧地区最古老的城市，有800多年的历史，建筑都保存得较完好，漫步城中仿佛进入中世纪童话世界，这里有世界最高的教堂，还有北欧最古老的市政厅，更有蜿蜒近两千米的古老城墙。因为塔林地理位置优越，很多国家都想占领瓜分，据说13世纪开始有多个国家排着队来此侵略，战争给了爱沙尼亚人非常坚毅的性格，今天随处可见戴着红帽的防御塔，就是战争给这座城市遗留下来的永恒记忆。从13世纪中期始，塔林的老城区被分割为上、下城区，上城主要居住的是上流社会和宗教阶层的大小权贵，下城主要居住的是商人和手艺人。山上有一个"眼观六路"的观景台，实际上原来是统治者为监视下城劳动人民而建造，到现在变成观光和拍照"圣地"，这是多么有讽刺意味的事啊！这里还有一个古老药房，老到从15世纪营业直到现在，里面一盏灯都没有，全部都是蜡烛照明。还有个只出售15世纪风味品质饭菜的"古老便餐店"，若不入流，嫌"古老"没法接受，那就只能饿着！至于塔林最古老的咖啡厅，是从19世纪中期开始营业到现在，二楼靠窗的位置视野相当不错，一杯黑咖啡和一块坚果蛋糕，七欧元搞定，就可以度过一个非常温馨、非常怀旧的下午。

爱沙尼亚有着未受污染的自然环境和世界上最洁净的空气，享有"洗肺圣地"之誉称。这里空气清新，宁静安逸，来自世界各地的游客徜徉城乡，尽情享受生命的美好时光。难得的是，这里不多见大型品牌连锁店，看不见游客疯狂购物，有的只是悠闲街头艺人、画匠、别致的巴掌书店、小剧场和温馨的小酒吧、小咖啡馆。

塔林古城是欧洲保存最好的城墙式中世纪古城之一，1997年，塔林旧城及其中古建筑被列入世界文化遗产名录。街头表演艺术是爱沙尼亚最吸引游客的街景之一。此类艺术表演有即兴，也有是表演者为谋生的活动。对于爱沙尼亚人而言，始于20世纪中期的歌咏节是一项特殊的文化盛事，被列入联合国人类口头和非物质遗产代表作。歌唱节对于塑造和维护爱沙尼亚的民族认同感具有重要作用。节会期间，有成千上万的歌者舞者及演奏家自行聚集到塔林拱形露天剧场进行演出，最多时表演者超过3.7万人。

如果要明白塔林为什么被选为欧洲文化之都，它光荣的历史可以告诉游人一二。塔林13世纪被利沃尼亚和斯堪的纳维亚人称为"林达尼萨"，源自爱沙尼亚史诗英雄卡列维波艾克母亲的名字。林达尼萨是爱沙尼亚神话中雷神乌库的女儿，和她的姊妹珠塔同为雀鸟女神。林达尼萨和卡列夫结为夫妻，生下的孩子中最年幼的名为卡列维波艾克，也就是爱沙尼亚第一部口传文字史诗的名字。依据神话，林达尼萨在卡列夫死后，不断搬动石头到卡列夫身边筑坟，石头堆积成丘陵，成为"座堂山"，就是今日列巴尔教堂所在地。这个神话给人以很大的想象空间，当游客伫立列巴尔教堂前，就会联想到爱情的信念何以如此坚贞！爱情的火花何以如此闪烁！这样的人文精神，铸成了这座城市的精神灵魂。

Taavi Kotka 曾担任爱沙尼亚的首席信息官，他是一个被称为"电子爱沙尼亚"（e-Estonia）项目的主要公众人物之一。这是一张旨在将国家转变为数字社会的"宏伟蓝图"。电子爱沙尼亚是当今技术治国最具雄心的项目，因为它包括了政府的所有事务，改变了公民的日常生活。政府参与的常规服务——立法、投票、教育、司法、医疗、银行、税务、治安等等——都通过数字方式连接到一个平台上，连接全国。正是在 Kotka 任期内，电子爱沙尼亚的目标实现了。如今，公民可以从他们的笔记本电脑上投票，在家里对停车罚单提出质疑。他们是通过"仅此一次"的政策来实现的，该政策规定，不应该两次输入单一的信息。申请人不必"准备"贷款申请，而是将自己的数据——收入、债务、储蓄——从系统的其他地方抽调出来。医生的候诊室里没有什么可填写的，因为医生可以查看病人的病历。爱沙尼亚的系统被绑定到一张芯片卡上，这张卡片可以减少通常烦琐的、综合的过程——比如缴税——来快速完成工作。随之而来的还有其他好处。Kotka 说："如果一切都是数字化的，而且与地点无关，你就可以运营一个无国界国家。"

塔林城中焦点是有 600 年历史的市政厅，瞭望台上面有塔林标志性风向标"老托马斯"。此处眺望，可将铺满鹅卵石的广场和周围独特的尖顶建筑尽收眼底。在一片有着沧桑历史的地段，老房子与新房子共存，充满光阴和时尚感。巴洛克风格的卡德里奥宫由沙皇彼得大帝于 18 世纪下令修建，是最负盛名的国家景观公园。塔林艺术博物馆则是斯堪的纳维亚地区和波罗的海地区最大的多功能艺术中心，馆内展出爱沙尼亚 18 世纪以来的艺术作品，以及国内外现当代艺术展品。驰名的海事博物馆展品包括潜水艇、水上飞机和蒸汽破冰船，国家露天博物馆则保存了爱沙尼亚原生态的经典的乡村特色文化和古朴建筑。

游塔林，必去五星级"The Three Sisters"（"三姐妹"酒店）。其名气之大，连日本天皇和英国女王都指名下榻。三姐妹酒店坐落在老城皮克街 71 号，一个不算过于招摇的古老建筑，三栋连体建筑，仍保留了 14 世纪的建筑结构，三相连楼体名副其实地代表了三位性格迥异的"姐妹"，这在塔林所有建筑中绝无仅有。

走进去，古色古香的大堂虽不宽敞，但很有家的感觉，温馨舒适。为了将三栋 14 世纪建筑综合设计并使其连贯，设计师可谓脑汁绞尽，图纸画尽，最终巧夺天工，轰动一时。整个酒店只有 23 间客房，装饰风格完全统一：复古。但每个房间和套房大小不一，都拥有独特空间形态，虽然都是手工木质家具，但每间房里的家具不尽相同。酒店中不少细节，值得玩味。比如卧室墙面特意露出一块古老砖石，壁炉、木炭、水晶吊灯、老浴缸"中世纪化"，还有让人惊叹的就是天花板上隐藏在 14 层涂料和壁纸之下的复杂珍贵的中世纪壁画。"三姐妹"主厨的手艺是塔林最佳晚餐的同义词，侍者会帮客人从自家酒窖中的 400 多款葡萄酒中选出最适合的那一款。睡在 16 世纪剥落的墙壁之下的卧榻上，做一个关于老城的"黄粱"美梦，那该是一件多么美妙惬意的事情啊？！

四季分明的北欧气候对爱沙尼亚饮食文化的形成具有重大影响。时令食品是爱沙尼亚餐厅和家庭的核心"主打"。当地所有新鲜纯净食材都可以在 200 千米范围内获得。德国和俄罗斯美食对爱沙尼亚美食影响最深，新型爱沙尼亚烹饪艺术则借鉴了北欧和斯堪的纳维亚美食的灵感，并且十分注重当地的优质食材。这里的人们从森林里走出来不会空手而归，总会采集一些蘑菇、坚果、越橘和小红莓带回家品尝。蔬菜和浆果让每个人都成为园丁。知名的"卡马"是一种传统美食，用谷物混合而成，通常与酸牛奶搭配，制作营养小吃。"卡马"还可以添加到奶油或乳酪中，制作可口甜点，其中一种便是"卡马慕斯"……

爱沙尼亚，一个小国度，给人大惊喜。

重新燃起马六甲情结

马六甲海峡因沿岸有马来西亚的著名古城马六甲而得名。

海峡现由新加坡、马来西亚和印度尼西亚三国共管。海峡处于赤道无风带，全年风平浪静的日子很多。海峡底质平坦，水流平缓。海峡东端有世界大港新加坡，海运繁忙。每年约有 10 万艘舰船通过海峡。中国、日本从中东购买的石油，绝大部分都是通过这里运往国内。马六甲海峡还是沟通太平洋与印度洋的咽喉要道，通航历史长达两千多年，是亚、非、澳、欧沿岸国家往来的重要海上通道，由于海运繁忙以及独特的地理位置，马六甲海峡又被誉为"海上十字路口"。马六甲海峡旁，一块长石碑上镌刻着用英文、马来文、中文和阿拉伯文四种语言书写的字体："世界上最长暨最繁忙之海峡。"这种"待遇"在全球不多见啊。

马六甲城曾是古代马六甲王国的首都，也是海上贸易重要中转站，是马来西亚最古老的城市。历史上，一直是军事、交通战略要地，如今，这里又变身为一座独具韵味的旅游小城，漫步马六甲街头，别具特色的文化和历史遗迹随处可见，东西方文化的融合留下不可磨灭的印记。古代海上丝绸之路将马来西亚与中国很早就紧密地联系在一起，600多年前，中国实力鼎盛时期，明成祖命三宝太监郑和率领两百多艘海船、2.7万多人远航西太平洋和印度洋，遍访30多个国家和地区，那是中国古代规模最大、船只最多（240多艘）、海员最多、时间最久的海上航行。郑和七次下西洋，先后5次驻节马六甲，并在此建立大本营，从而深刻影响了这座城市的方方面面。如今在马六甲港口边，矗立着一尊雕像和一艘大船，旁边写着马六甲开埠和一个中国人的名字"郑和"。也正是从那时开始，马六甲与中国建立起深厚缘分，启幕了中马之间在文化、经济、贸易等各个方面的亲密往来。马六甲成为中马友好的最大遗产。马来西亚当地还流传着满剌加苏丹迎娶明朝公主的传说。据《马来纪年》记载，满剌加苏丹满速沙迎娶来自中国的汉丽宝公主，她被明成祖特派使臣及随从500人护送下嫁，这无疑也是历史上中国与马来西亚友好交往的证明，更是中马两国人民亲善友谊、和睦相处的象征。直到今天，在马六甲的三宝山、三宝庙、三宝井，人们依然讲述着郑和及其船队曾经带给这个城市的辉煌，而在此繁衍生息的华侨华人，也在延续着"郑和时代"的中马友谊。

郑和来到马六甲，至少给这里带来一个世纪的繁荣。

几百年沧海桑田，当地百姓早已在淡定中包容了多元文化。随着熙攘的人群，走入唐人街热闹的街巷，满眼都是商家汉字招牌，蕴含中国元素的广告灯箱比肩而立。若不是三轮花车招摇过市大喇叭里播放着激情的马来西亚流行曲，还真以为自己到了香港澳门旅行，抑或是在泉州潮汕兜风呢！华人移民创业的痕迹处处可觅，直到现在，餐厅里使的是华文菜单，卖的是海南鸡饭。马六甲的海南鸡饭更特别之处在于，"饭"都是一个个乒乓球大小的圆圆饭团，米饭用高汤煮好后捣细再搓成汤圆状，鸡饭上桌，口感不错，鸡肉嫩滑，调料入味，饭团清香，立马让人爱上这道经过改良的传统美食。吸引人的不止于此，还有那店家小二的不走样粤语吆喝，街边林立的国内各地会馆旧址，还有那记录华人早期移民历史的博物馆小楼和充满浓浓中国情调与味道的商贸夜市。

鸡场街是马六甲人气最高的旅游地，一到夜晚，灯火通明，人头攒动，都"拼多多""淘宝"来了，这是华人夜市特色。这里可以买到心仪的各式手信、美食、小工艺品，特别热闹，价格也不贵，到处都是中文字和会讲华语的当地居民，根本不用担心沟通问题。在马六甲中心区，还有条小巷叫庙街，在狭隘的马路边，鳞次栉比的依次是：马来西亚最古老的道家庙青云亭、马来西亚最古老的印度教庙、马来西亚有着两百多年历史的清真寺、佛教庙等。多民族国家马来西亚也是多宗教国家，驻足清真寺对面的荣茂茶室，倾听着诵经声，吃喝着粤式茶点，深感这里多元文化社会生活的丰富与多彩。

古城中心的荷兰广场旁，有条小径可以通到山顶，山顶有一座教堂遗址，名为圣保罗教堂。教堂系石头砌成，1521 年由葡萄牙人修建，1670 年荷兰人占领马六甲后，将教堂用作城堡防卫，今天在外墙上仍可窥视到不少弹孔。历经多次战乱损坏后，教堂如今只剩下了四面墙壁，靠墙放着几块石碑供人凭吊。黄昏时分，夕阳投到教堂的石壁上，温暖而萧瑟。这种氛围又提醒着人们，这里曾经是葡萄牙、荷兰和英国的殖民地啊！

在世界遗产文化名城马六甲旅行时，正好赶上了大型情景体验剧《又见马六甲》正式公演，巧合的是这天距 2008 年 7 月 7 日马六甲申遗成功正好十个年头，可以说首演的日子含金量很高。《又见马六甲》是海上丝绸之路的跨国巨制，它的成功推出，不论是陆路丝绸之路上的互鉴融合，还是海上丝绸之路的文化共鸣，让每个观众都有了使命感和责任感。演出中，马六甲的八百余年历史被一一展开：有建立马六甲城的拜里迷苏拉王子的传说，有为马六甲带来贸易与繁荣的郑和舰队的传奇，有马来人与华人结合而成的种族——峇峇娘惹的历史，有各民族母亲共同抚育孤儿长大的动人故事，有新生命孕育与诞生的神圣，还有执着坚守的风筝匠与所有文化遗产传承人的不忘初心，砥砺奋斗与开拓。马六甲古城的起源与发展，多个民族在马六甲繁衍生息，历史进程与文化交融，都获得了完美展现与阐释，观众看到的不是苦难，而是生生不息的繁衍与传承。跨文化的对话，深层次的共鸣，唤醒的是民族的史诗和历史的记忆。

马六甲城人口中有三分之一左右是华人，民居、民俗、民风都充溢着中国传统文化特色。马六甲作为千年"海上丝绸之路"的重要港口，昔日盛景何时能再现？以我的粗线条观察，如若与印度尼西亚的巴厘岛相比，来马六甲旅游的中国游客并不是很多，来马六甲投资的中国商人也没有形成一股热流。我国提出的并已经受到很多国家热烈响应的"一带一路"倡议，尤其是与东盟国家共建21世纪"海上丝绸之路"的倡议，对于马来西亚和马六甲来说，又何尝不是一个极大的利好和一个重大的历史机遇？

时至今日，马六甲海峡依然是东西太平洋海上生命线咽喉所在，"一带一路"已经成为"新大航海时代"的代名词。马六甲作为海上战略枢纽，对中国有着至关重要的意义。一方面，马六甲与中国先天的亲缘关系和文化语言上的共融互通使得彼此有"先天"认同。另一方面，马六甲得天独厚的国际港战略优势在"一带一路"的整体规划中，有着举足轻重的地位。中国想要布局重现大航海时代的全球蓝图，必须建立好马六甲这一海上节点，在此织美梦，织好梦。"一带一路"倡议如春风掠过这片古老土地，为马来西亚架构起互联互通发展的新平台，同时，也让马六甲的市民再次瞭望到复兴的曙光。

马六甲市早在2008年就被正式列入世界遗产名录，其历史与文化被世人所认同，同时也让更多的人有机会更深入地了解这座处在海上要道的历史古城。马六甲市的官员表示，中国游客是世界各国旅游业重点争取的对象，马六甲作为第一个马来西亚联邦特批与中国省级政府缔结友好省州的州属，将是强劲拉动中马旅游合作的火车头。

我的亲身感受，目前马六甲市的高级酒店在旅游旺季一房难求，基本都是三个月前都已经被预订一空。在《纽约时报》发布的旅游必游的45个世界级城市里，马六甲名列28位。在其他媒体和旅游预订网站上，马六甲也是频频进入首选旅游目的地的中榜城市。几年前，广州直飞马六甲的航班正式首航，这条航线的启动标志着中国与马六甲的旅游、商业投资和贸易往来将进一步被引爆。接下来，"新海上马六甲"建设计划的推出，尤为令人瞩目。在计划中，马六甲滨海将建造游轮码头、印象马六甲、郑和贸易中心岛、浪琴湾、皇鲸岛、侏罗纪公园等总投资超过百亿的超大型项目。马六甲"旅游集结号"在召唤，一个具备强烈现代国际气息的靓丽"新马六甲"，以其迷人的新颖魅力，将吸引来更多的五大洲游客。

对于中国人来说，重燃久违的"马六甲情结"，此其时矣！

正是：长风破浪会有时，直挂云帆济沧海！

一个充满童话的村庄

从旧金山驱车，在距洛杉矶160多公里的地方，出现了丹麦村的旅游路标。丹麦村是加利福尼亚州圣芭芭拉县的一个镇，正式名称叫索尔旺。索尔旺是丹麦语，乃"阳光满溢的田园"之意。早年间，18世纪西班牙殖民地时代，此地称为圣伊奈兹山谷。1911年，有十几个丹麦人后裔游历到此，感觉风景优美，土地肥沃，气候温和，四季如春，很快做出定居下来的决定，并起新名"索尔旺"。之后，又不断来了一些北欧和西欧人。经过一个世纪的繁衍发展，现在索尔旺约有5200人。其中丹麦裔4000余人，其余为瑞典人、挪威人、德国人、西班牙人后裔。居民大部分经商，从事旅游服务业，也有的经营农场、牧场和葡萄种植及葡萄酒酿造。周边还有各种牧场、农场、鸵鸟场、小马场，由于此地大多是丹麦裔居民，所以人们就习惯于称呼它为"丹麦村"。

好一个丹麦村！这里可有大风车、钟鼓楼？可有丑小鸭、美人鱼？可有古典式的路灯和具有19世纪遗风的宽街窄巷？可有那《海的女儿》《卖火柴的小女孩》以及《皇帝的新装》？

进入地域面积只有 6.3 平方千米的丹麦村，第一眼就被一座古老的丹麦风车所吸引。风车在微风中缓缓转动，似乎在向游人诉说自己的百年沧桑。沿着大街徜徉，鳞次栉比的砖木结构的房舍都是典型的丹麦色彩与风格。白墙红瓦，墙壁用深色板条间隔，形成方块或菱形图案。有的屋顶是用农作物秸秆装饰田园情韵。教堂的红色钟塔高出所有建筑物，直冲蓝天，仿佛在宣示崇高的神威和丹麦村居民开拓的精神。沿着摆满鲜花的便道前行，映入眼帘的是各式工艺品商店和丹麦食品店，蓝莓饼、草莓饼及桑葚子酱香气四溢。丹麦村有各种商店 200 余家，就是没有一家美国本土的快餐店，没有麦当劳、肯德基及星巴克，餐饮业保持单一丹麦风味是这里的一大特色。街市上一个挨一个的小店铺好像逛一天也逛不完。店铺从里到外的装潢很"丹麦"，摆卖的工艺品都很有特色。各类手工艺品、旅游纪念品琳琅满目，令游人购买的欲望强烈，买后爱不释手。总之，居民经营的大部分店铺都与旅游服务有关，每年有近二百万游客到此观光，你算一算，旅游收入该是多么可观！

而我感觉，看到并触摸到的恰似一篇有关丹麦的真实的童话。或许它就是安徒生"写"在美洲大陆上的作品？要不，它怎会那样空灵？那样优美？那样充满了深邃的意境和丰富多彩的想象？

如今，丹麦村已是一座闻名遐迩的旅游小镇。为充分挖掘旅游资源，丹麦村自然要打出独特的旅游品牌。在一条主街上，有一座宫堡式建筑，名为哈姆雷特广场。看到这宫堡和哈姆雷特之名，自然使人联想到丹麦赫尔辛峡卡隆堡的宫堡。卡隆堡是 16 世纪丹麦国王埃里克七世为征收海峡通行税而建造的一座要塞，皆因莎士比亚写那个虚构的丹麦国王克劳狄斯与其侄儿哈姆雷特殊死争斗悲剧，是以卡隆堡宫为背景的，于是卡隆堡也随之名闻遐迩，如今干脆把卡隆堡称为哈姆雷特城堡了！奇妙的戏剧性恰恰在于，据说莎翁并未到过丹麦，对卡隆堡宫乃至整个剧情的描写完全是凭了天才想象力，才使《哈姆雷特》达到悲剧峰巅，成为世界公认的四大悲剧经典之一。如此这般，卡隆堡哈姆雷特广场的出现，遂使丹麦村平添了浓郁的文学韵味和自由馨香。

丹麦是童话大师安徒生的故乡，这自然也成了丹麦村旅游资源之强项。在方圆不大的丹麦村，竟然打造了三处安徒生景点：即安徒生公园、安徒生博物馆、安徒生广场。广场矗立着一尊安徒生半身铜像，博物馆则是设在一座古色古香的旧房里。馆内陈列着安徒生童话的各种版本，还有一座安徒生故居的模型。模型使我不禁忆起了其在丹麦菲茵岛欧登塞的故居。那是一座低矮的简朴房屋。当年，屋子被隔为七间，住着七户穷苦人家，安徒生家就住其中一间。此外，还有一尊安徒生《海的女儿》中闻名天下的人身鱼尾小人鱼铜像，同哥本哈根那一尊小人鱼雕像完全相同，如出左右。游览了有关安徒生的这些特定景点后，完全如同享受了一道味道不菲的世界儿童文学大餐。

丹麦村没有公交车，只有马拉公共大巴。这些马拉大巴，慢慢悠悠，稳稳当当，蹒跚于古老街市，载着游客走过时光隧道。丹麦村还有出租的四轮自行车，有的是二人蹬，有的是四人甚至六人同蹬。不少家庭旅游者都是租一辆四到六人的自行车，全家一起蹬车，潇潇洒洒游遍丹麦村。游历丹麦村，最让人怀想的还是安徒生。可以毫不夸张地说，他是全世界读者，尤其是儿童读者最多的作家之一。丹麦村里的人，都为安徒生而感到骄傲和自豪。许多商家年复一年都是靠售卖旅游纪念品美人鱼铜像而发家致富。一家鞋铺，门外摆放着一只硕大的木屐，应该算是实物广告吧，很能"抓"人。离老远就诱人非进去看看不可。而我遥想，这家鞋铺有可能是安徒生的亲戚不远万里从丹麦来加州开办的。因为安徒生的父亲，不正是一个手艺高超的鞋匠吗？作为鞋匠的儿子，安徒生在简陋的小屋里长大，白天跟随母亲去河边洗衣，夜晚依偎在床边，听父亲讲《一千零一夜》的传奇故事。安徒生的故乡奥登斯，古老而宁静，弯弯的小河，高耸的哥特式教堂，就像这美国加州土地上的丹麦村，充满了无穷的魅力。

当然，丹麦村吸引人的并不局限于这些。当美妙的自然风光与人文花絮让游客目不暇接之时，就仿佛重读了一遍安徒生的童话。你看，它的"Shop"（店铺）门脸儿竟然雇用了中世纪的盔甲武士站岗放哨；你看，它的房舍墙面上竟然能够雕刻出金属奔马；你看，它的许多窗棂上摆放的"小精灵"会随着音乐节奏翩翩起舞；你看，它的风车房敞开心扉里面竟然装着一个琳琅满目的精致的"Supermarket"（超市）；你再请看，它的花店里不分春夏秋冬，竟然能一年四季馨香扑鼻，百花争妍……丹麦村没有其他产业，端的是"旅游金饭碗"，这里成了旅游胜地，人人都吃上了旅游饭，而且吃的是肥得流油，家家殷实富足，人人笑逐颜开。

为保持弘扬丹麦传统文化，早从1936年起，丹麦村居民就将每年9月第三周周末定为丹麦节，其时，这里丹麦的民歌在飘荡，丹麦的舞蹈在旋转，主人和旅游者一道载歌载舞，尽情欢度自己的佳节。丹麦村的丹麦裔人，虽然都宣誓成为美国公民了，却一直保持着祖先传统生活方式、习俗和民族文化，进而依然持续着同祖籍国丹麦千丝万缕的"乡愁"联络。如丹麦村和丹麦的奥尔堡是姊妹城镇，来往密切，互访频繁。丹麦王室对位处美国的丹麦村也给予相当的重视和关注。1939年，时为丹麦王储和王储妃、1947年即位为丹麦国王的弗莱德里克七世和王后，曾专程来丹麦村看望过"乡亲们"。1976年，丹麦女王玛格丽特二世曾来访，留下许多亲民佳话。2011年，丹麦村建镇100周年，丹麦女王的丈夫亨里克亲王代表女王玛格丽特二世，专程前来出席庆祝活动，并转达女王的良好祝愿。

在丹麦村，旅游后的最深切感受还有一点，这就是，当地人不论男女老少，工作起来都很认真都很拼。他们的服务宗旨是"顾客至上，以诚相待"；他们的挣钱观念也和中国的古训一样："君子爱财，取之有道。"

所以，在这里无论走到哪里，看到的总是挂在嘴角的微笑，不管干啥，总有一种宾至如归的感觉。而且，人们还好像达成了一种"默契"，习惯于轻言细语、津津乐道，在一种安宁与静谧的氛围中享受一个"童话般的村庄"……我祈愿，丹麦村俨然就是一位生命力蓬勃旺盛的作家，盼能同安徒生一样，续写出《海的女儿》引人入胜的瑰丽新篇。

跋

文旅散文集《对面风景入心来》推出后，受到读者欢迎。我在新浪微博上仅仅发了一张该书的封面照片和一句类似说明的"读文旅书是门槛最低的 VIP 旅行"之"点题"话，就引来了众多"粉丝"热捧和点赞，给我以莫大鼓舞与鞭策，于是便引出了这新一本文旅散文集《文旅号远航》的编撰与出版。

文化和旅游，是我喜欢的字眼和工作。2018 年 3 月，在我效力的文化部与国家旅游总局合并组建文化和旅游部后，我更是"人逢喜事精神爽"了。这是因为，在国家文化和旅游两家主管部门尚未合并的几年之前，我经过几番策划努力，就在《中国文化报》上创办"文旅视界"专刊并担任主编了。在此专版上，我组织、撰写、编发了大量有关文旅方面的言论、专访、新闻报道、专家论剑、旅游图片、域外追踪的图文，真真切切、扎扎实实为文旅融合"鼓与呼"了一把！很长时间过去了，我不用去查报纸，许多亲手编发的稿件依然记忆犹新，信手拈来：《让绿水青山变为金山银山》《伫立白洋淀眺望雄安新区旅游美景》《在这片充满盎然生机的古运河大地上》《猴年春节，又逛平遥 》《开启"仙境海岸"全域旅游新格局》《去看看安徒生和"美人鱼"》《 文化旅游深度融合跨进新时代实现新作为》等等，这个专刊因而引起有关方面的持续关注和广大读者的追踪青睐，无疑就是对我与同仁"辛勤耕耘"与"丰硕收获"的首肯了。几年下来，办刊体会最深刻的就是：文旅融合要点是文化要融入旅游，在文化发展过程中发挥旅游作用；旅游要融入文化，提升旅游品质促进旅游文明。

人常说：不登山，不知山高；不涉水，不晓水深；不赏奇景，怎知其多娇美妙？读万卷书，还须行万里路，不攀登，又怎么去体会杜甫"会当凌绝顶，一览众山小"的磅礴诗意？怀揣文化底蕴，策马旅游观光，领略海内外山山水水，感受每一处风土人情，不仅陶冶情操，增长见闻，还能修身养性，解悟释怀。这不正是"离家三里远，别是一乡风"吗？还有"驴友"如是说：驻足山中，才会感受到鲁迅"躲进小楼成一统，管他春夏与秋冬"的奥秘；跋山涉水，才能体会到李白"五岳寻仙不辞迈，一生好入名山游"的追求。是的，一旦大自然壮丽风景占据思想和视野，就会使人顿感生活新鲜靓丽，它是那么美好，它是那样充满了一种别致的阳光！

文旅融合已是一个潮流，形成了一种"势"，我在趁"势"而为。本书里的文章，就是我近年来的旅游散记拾萃。站在人生旅途回望，重新翻阅浏览自己已出版的十几本著作，蓦然发现，文旅著作竟占到很大比重：《香港：我的1997》《澳门：我的1999》《澳洲见闻录》《悉尼2000》《袋鼠家园》《美国之痒》《映像美利坚》等。努力不一定成功，放弃一定是失败，这就很有分量地表明，我之于文旅方面的散文创作，是有着漫长岁月的拓展与实践的，有的路，必须一个人走，这不是孤独，而是选择！文旅抒怀，君且随意，比起眼界，我有时更在意的是心界，把心打开，去容纳更多人的更多信念。大好河山看多了，眼界会有"审美疲劳"

的时候，但是心界可以各有千秋，纵横捭阖，没有比脚更长的路，没有比人更高的山，可任我用来竭力探索践行"文化是旅游的灵魂，旅游是文化的平台"，奋力寻觅攀登"诗与远方"的深邃意境，并用文字把它记录在案，出版于市，捧给读者，那正是：所有回不去的良辰美景，都是举世无双的好时光啊！

游一道风景，寻一处特色；见一处特色，悟一片心得。有道是，旅游的动机是多元的，但文化才是旅游的核心与灵魂。旅游是一种文化行走，是一种调节，旅游是视野的拓展、知识的寻觅、生命的追求。古时候有游方的和尚，有行吟的诗人，读万卷书行万里路，是一种真理与抱负的不懈寻觅。曾与"驴友"笑谈：唐玄奘西天取经那是文化旅游，徐霞客搞的应该叫科学旅游，隋炀帝下江南应是休闲旅游，郑和下西洋则是真正意义上的探险旅游，等等，不一而足。而我在 1990 年就进行过"环澳旅游"，2001 年走过"环美旅游"，2014 年以来多次参加"美丽中国行"旅游，在 2019 年，还参加过"沿着高铁游贵州"避暑采风行和"我和我的祖国"红色旅游媒体采风（陕西）行。文旅之于我，已经不仅仅是"去不一样的地方，然后带着不一样的自己回来"，它已经和我的生命与创作密不可分。旅行的好处不在其他，而在于自己的身体和心灵，务必要"走"在旅行的路上！

旅游是经济性很强的文化事业，又是文化性很强的经济事业，旅游具有经济和文化的双重属性。观照时代现实，回应热点主题。当此中国文旅产业走向辉煌的历史节点，承蒙出版社与编辑的厚爱，热诚鼎力向读者推出我的继《对面风景入心来》之后的第二本文旅新著，这对于文化和旅游融合发展，满足人民日益增长的对美好生活的需求，都是一个重要担当与有力促进！

当《文旅号远航》即将付梓出版之际，我还要特别感谢中国散文学会的老会长、我国著名散文家、编辑家、文坛"外交家"周明先生为此书撰写序言，中国散文学会副会长、书法家周振华先生为本书题签书名，我的军中战友、出版家凌翔先生为本书出版运筹帷幄、付出辛劳！他们对我以及对文旅事业的关怀与厚爱，让我深为感动，备受鼓舞，文旅行远，壮心不已！我的深切感恩与真挚感谢，无须用语言表达，只能是在"宜融则融，能融尽融，以文促旅，以旅彰文"的新创作中，写出更多好的文旅篇章，进一步深化提高文旅"幸福产业"的社会辨识度和民众认同感，为完成新时代"中国梦"背景下文旅业所肩负的高质量发展的历史使命，做出自己新的更有价值的奉献。

一位"驴友"言："拿着旧地图，找不到新大陆。"而我却要说："手捧《文旅号远航》，走到哪里都有瑰丽曼妙的风景！"

是为跋。

作者

2021 年 8 月于北京太阳宫龙坪居书斋